어느름 쌓인 모퉁이에서,

김혜진

어스름 청소부

어스름 청소부

김혜진 장편소설

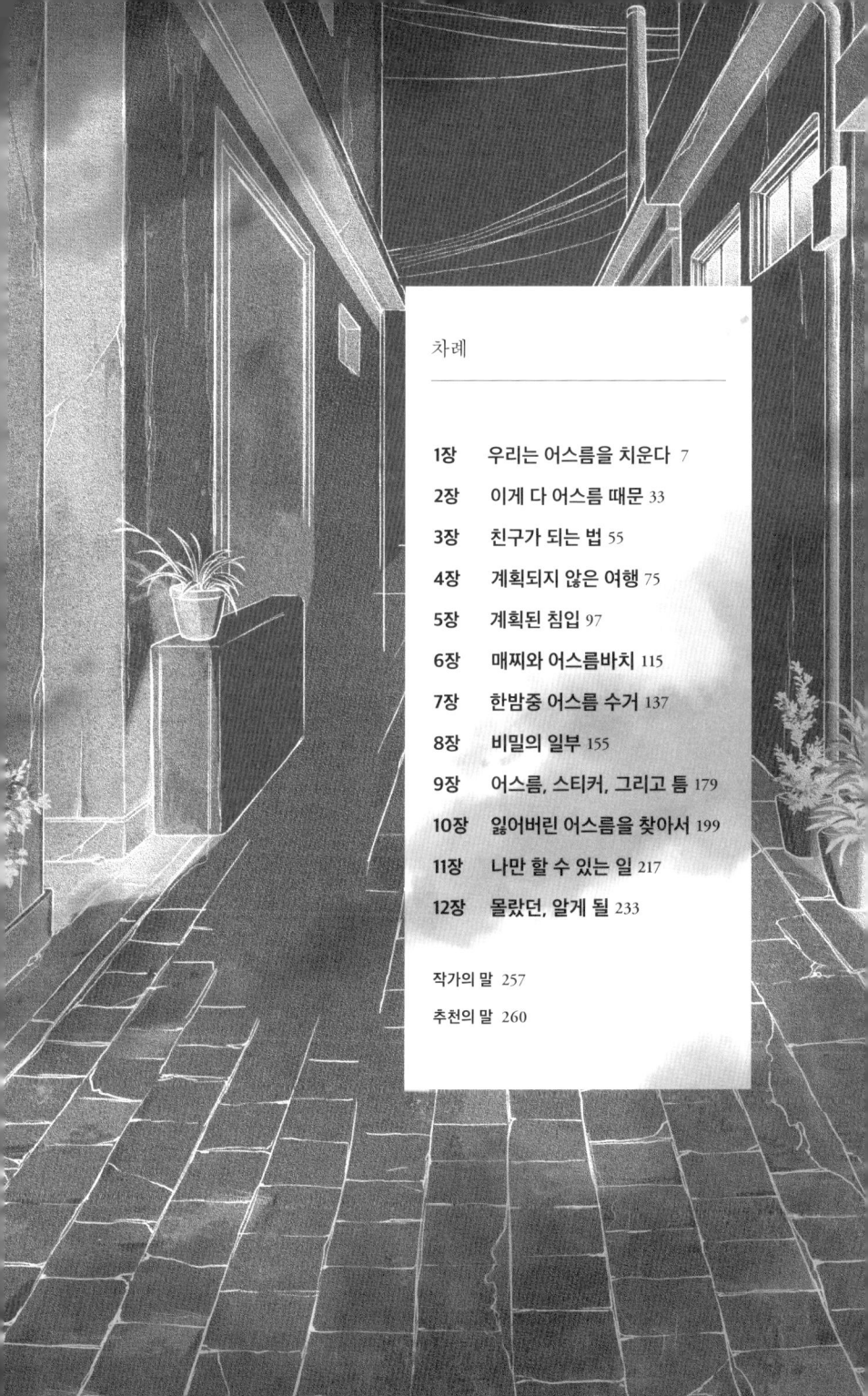

차례

1장　우리는 어스름을 치운다 7
2장　이게 다 어스름 때문 33
3장　친구가 되는 법 55
4장　계획되지 않은 여행 75
5장　계획된 침입 97
6장　매찌와 어스름바치 115
7장　한밤중 어스름 수거 137
8장　비밀의 일부 155
9장　어스름, 스티커, 그리고 틈 179
10장　잃어버린 어스름을 찾아서 199
11장　나만 할 수 있는 일 217
12장　몰랐던, 알게 될 233

작가의 말 257
추천의 말 260

우리 가족은 어스름을 치운다.

'우리가 이 일을 하지 않으면 세상이 어떻게 되겠니?' 아빠는 버릇처럼 말하지만, 난 별로 상상해 보고 싶지 않다. 세상은 세상대로 굴러가겠지. 내 앞길 걱정하기에도 바쁘다.

이 일이 그렇게 중요하다면 훨씬 많은 사람이 어스름을 치워야 하는 게 아닐까? 어스름을 치우는 사람은 진짜 적다. 아니, 어스름을 보는 사람 자체가 거의 없다. '보통' 사람은 어스름을 보지 못한다.

어스름은 어디에나 있는데. 버스 정류장과 교실 창가, 지하철 계단이나 아파트 입구에도 어스름이 있다. 옅은 어스름은 바람결에 흩어진다. 그러나 한자리에서 오래 묵은 어스름은 서로 엉겨 붙어 딱딱하게 굳는다. 그런 건 제대로 수거해야 한다.

뭔 소리냐고? 이해가 안 된다고? 아, 안 보이니까 없는 거 같지?

좋겠다, 안 보여서.

파란색 볼펜을 던지듯 내려놓았다. 국어 글쓰기 수행 평가, 주제는 '가족'. 하지만 이렇게 써내면 무슨 소리를 들을까. '김소요, 너 장난하니? 어디 아파?'는 기본이고, 심하면 '미쳤냐?'는 소리까지 나올지 모른다.

가끔은 세상이 나를 놀리고 있는 게 아닐까 의심한다. 이게 안 보인다고? 진짜?

어스름. 그늘 말고, 어둠 말고, 먼지 말고, 어스름.

내 방 곳곳에도 어스름이 있다. 책상 앞 창틀 구석에 낀 손톱만 한 어스름에 손가락을 대자, 성에를 만진 것처럼 희미한 서늘함이 느껴졌다. 힘주어 눌렀다. 어스름은 머랭쿠키처럼 바스락 부서져 흩어졌다.

그리고 곧바로, 얼굴이 간지럽기 시작했다. 손등으로 문질러도 가려움은 쉽게 가시지 않았다. 아, 안 해! 파란색 글씨가 빼곡하게 적힌 종이를 반으로 접어 치우고 책상 밑에서 운동화를 꺼냈다. 창문을 넘기 전에 예의상 문자는 보냈다.

— 뭐 하냐.

정제하는 역시 핸드폰을 보고 있었는지 답이 빨리 왔다.

— 그냥 있어.

— 지금 간다.

창문 앞에는 담이 있고, 담을 넘으면 제하네다. 하도 밟아 반질

반질해진 단풍나무 줄기와 담장을 차례로 밟고 훌쩍 뛰어내렸다.

가파른 언덕에 나란히, 우리 집이 위쪽이고 제하네가 아래쪽이다. 담을 넘으면 제하네 외벽 계단이 코앞이라 아래층을 통하지 않고도 다락으로 올라갈 수 있다. 다락문 앞에 운동화를 벗어 놓고 안으로 들어갔다.

"왜."

정제하는 침대에 기댄 채 노트북과 핸드폰을 동시에 하고 있었다. 온갖 대화에 끼어 'ㅋ'을 남발하며 맞장구를 치고, 쉴 틈 없이 SNS를 돌아보며 '좋아요'와 '하트'를 누르는 거다. 무표정한 얼굴로 웃는 이모티콘을 연달아 날리는 걸 보면, 살짝 정상은 아닌 느낌이다.

나는 핸드폰을 잘 못 본다. 액정에 어스름이 잘 붙기 때문이다. 화면에서 뭐가 움직이면 그 어스름까지 같이 흔들려 어지럽다. 쇼츠 같은 건 최악이고, 문자를 보내는 것도 힘들다. 내 핸드폰은 거의 음악 듣는 용도다. 정제하가 최신 핸드폰의 모든 기능을 최대치로 활용하는 것과는 극과 극이다.

"너희 반 국어 수행 평가 걷었어? 그거, 가족에 대해 쓰는 거. 너 진짜로 썼어?"

내 질문에 제하는 한심해하는 눈빛으로 나를 힐끗 봤다.

"진짜로 쓰긴, 대충 지어 썼지. 왜, 생각 안 나서 그래? 아이디어 좀 줘?"

"거짓말하기 싫다고."

"거짓말 좀 하면 어때? 야, 김소요. 뭘 그렇게 정확하게 쓰려고 하냐, 거짓말 탐지기 할 것도 아닌데."

틀린 말이 아니라는 걸 알지만, 고분고분 받아들이긴 싫었다.

"……그래도 너는 나보다는 낫잖아."

난 정말 그렇게 생각한다. 남들이 못 보는 걸 본다는 점에선 같지만, 그걸 해결하는 방법이 다르니까.

제하네 식구들은 얼굴의 '얼룩'을 본다. 한의사가 손목의 맥을 짚듯이 얼룩의 크기와 형태, 농도를 읽는다. 그리고 찻잎과 한약재에 갖가지 열매, 뿌리, 즙 같은 것을 섞고 달여서 그 사람에게 맞는 차를 만든다. 그 차를 꾸준히 마시면 얼룩이 옅어진다고 한다.

사람의 얼룩을 지워 주는 제하네, 장소의 어스름을 치우는 우리. 어릴 땐 뭐가 더 어렵고 힘든 일인지를 두고 제하와 얼마나 다퉜는지 모른다. 이제 그런 얘긴 안 한다. 우리끼리 싸워 봤자 아무 의미 없다는 걸 알기 때문이다. '보통'의 사람에게 이해받지 못할 일을 하는 건 똑같으니까.

"얼굴 긁지 마."

핸드폰에서 눈도 안 떼고 제하가 말했다. 나라고 뭐 긁고 싶어서 긁는 줄 아나. 간지러운 걸 어쩌라고. 딱 피 안 날 정도로만 긁었다. 긁고 긁다가 얻어 낸 나만의 노하우다.

"정제하, 내려와서 포장해!"

아래층에서 희미하게 다하 언니의 목소리가 들렸다. 금세 목소리가 가까워지더니 다락 바닥 문이 벌컥 열리고 언니가 고개를 들이밀었다.

"야, 정제하! 너 진짜 안 내려와? 포장만이라도 해야……. 어, 소요 왔어?"

다하 언니가 반갑게 인사했다. 언니는 우리보다 열 살 위고, 제하에게는 엄마나 다름없는 존재다. 언니가 얼마나 애지중지 제하를 키웠는지 나는 안다. 그런데 정제하는 효도를 하기는커녕 아주 싸가지가 없다.

"그건 누나 일이잖아. 왜 나까지 해야 하는데?"

말을 해도 꼭. 나는 언니가 폭발하기 전에 재빨리 말했다.

"제가 도와드릴까요? 저 시간 있어요."

"아니야, 쟤가 할 일인데. 소요, 얼굴 긁었구나. 빨갛다."

다하 언니가 걱정스레 말했다. 나는 머쓱해져서 무심코 얼굴을 만지다가, 두 남매가 입 모아 "손 떼!" 하고 외치는 바람에 멈췄다.

"요즘 더 자주 그러는 거 같은데. 아직도 우리 비누 쓰면 안 된대?"

"엄마가 쓰지 말래요."

괜히 미안했다. 다하 언니는 3년 전부터 차와 더불어 비누도 만들기 시작했다. 얼룩을 없앤다는 목표도 같고 재료도 비슷하지만 제하네 할머니는 영 못마땅해하신다. 속을 바꿔야지 겉을 문지른다고 뭐가 바뀌겠냐면서. 하지만 언니의 비누 사업은 꽤 잘되고 있다. 품질은 기본이고 색감이며 모양까지 진짜 귀엽고 예뻐서, 얼룩에 대해선 아는 바 하나 없는 보통 사람들까지도 언니 인스타를 보고 물건을 구매한다.

우리 집은 제하네 차를 매일 마시고 다하 언니의 비누도 쌓아 놓고 쓴다. 어스름 청소부들의 필수품이랄까. 청소하다 묻은 어스름을 지워 내는 데에도 꽤 효과적이다. 다만 나는 얼굴에는 그 비누를 쓰지 않는데, 아토피가 있어서다. 어스름만 만지면 꼭 얼굴이 간지러워진다. 어스름 알레르기라도 있는 건가? 웃기다, 어스름 청소부 집안의 애가 어스름 알레르기라니.

"크면 나아질 거야."

언니는 나를 위로하고, 제하에게는 조금만 놀다 내려오라며 반 협박을 하고 내려갔다. 정제하는 내려갈 기색은 조금도 없이 핸드폰만 했다. 그새 게임을 시작한 모양인데, 얘는 게임도 인맥을 쌓기 위해 한다. 하나도 재미없어 보이는 얼굴로.

"들었지? 비누 포장 한다잖아. 내려가자. 나도 도와줄게."

"몰라, 안 해."

제하는 비누도 차도 싫어한다. 가업을 이어야 하지 않냐고 장난치면 아주 질색을 한다. 어스름을 간지러워하는 나, 독립할 생각뿐인 제하. 어느 쪽 자식 농사가 더 망한 건지 모르겠다.

우리는 일곱 살에 처음 만났다. 할머니 혼자 사는 옆집으로 제하와 다하 언니가 이사를 왔다. 왜 부모님은 없는지, 그 어린 나이에도 물어보면 안 된다고 느꼈다. 입을 꾹 다문 애 옆에 그냥 앉아서 놀았다. 대답이 돌아오지 않아도 혼자 얘기하고, 놀이터도 끌고 다녔다.

누구나 그랬을 것이다. 슬픔으로 가득 찬 제하의 얼굴을 봤다면, 그 애에게 덕지덕지 달라붙은 어스름을 봤다면. 사람에게 붙은 어스름은 떼면 안 된다는 규칙을 그때 처음 어겼다. 그 어스름이 제하를 더 슬프게 하는 것 같아서. 제하 손등에 붙은 수박씨만 한 어스름을 뗐을 때 제하가 깜짝 놀랐던 게 기억난다. 되게 귀여웠는데.

"그 학교쯤은 되어야 솔직하게 쓸 수 있을걸. 거긴 이딴 수행평가도 없겠지만."

세하가 핸드폰 화면을 빠르게 두드리며 말했다. 지난 5월에 같이 갔었던 고등학교 얘기였다. 나는 그런 학교가 있는 줄도 몰랐는데, 제하가 어디서 정보를 알아 와서는 설명회에 같이 가 보자고 꼬드겼다. 고등학교만큼은 우리가 알아서 선택하자고 해서 엄마 아빠한테 말도 안 하고 다녀왔다.

겉으로 보기엔 평범한 학교 같았지만, 삼엄한 본인 확인 절차를 거쳐 건물 안에 들어서자 진짜 모습이 드러났다. 설명회가 열리는 강당까지 가는 동안 나와 제하는 입을 다물지 못했다. 일부러 동선을 꼬아 놓은 것 같은 계단과 복도, 스턴트맨이라도 키워 내려는지 온갖 기구로 채워진 체력 단련실, 복도까지 책이 넘쳐 나는 도서관과 열대 식물이 자라고 있는 유리온실. 심지어 중앙 홀 천장에는 집라인까지 설치되어 있었다.

학교에서 보리라고는 상상 못 한 모습의 학생들이 복도를 지나갔다. 조금의 빛도 허락하지 않겠다는 듯 모자와 선글라스에 까만 마스크까지 쓴 애들, 도마뱀을 소중히 품에 안고 걸어가는 아이, 정체를 알 수 없는 커다란 물체를 보따리에 담아 끙끙 끌고 가는 아이…….

그중에서도 내 마음을 흔든 건, 강당 앞 복도에 붙어 있는 표어였다. '잊지 말 것! 내가 모른다고 없는 게 아니다.' 여긴 바로 제하와 나 같은 애들이 다니는 학교였다. 보통 사람은 보지 못하는 걸 보고, 들리지 않는 걸 듣고, 만지지 못하는 걸 만지는 아이들이 다니는 학교.

강당 의자에 앉을 때만 해도 두근거렸다. 이런 학교에 다니면 정말 좋을 거 같았다. 그런데 설명회가 시작되기 전에 등 뒤에서 수군대는 소리가 들렸다.

"쟤도 그거래. 어스름 청소부. 이제 너 혼자 학교 청소 안 해도 되겠네."

"아, 시끄러워."

청소부? 호기심과 기대를 품고 뒤돌아보려는 찰나, 부루퉁한 목소리가 말했다.

"근데 모르는 앤데? 우리끼린 다 아는데……. 맞다, 내가 모르는 애가 딱 하나 있거든? 걘가? 근데 걔네 집은 좀……."

미처 생각을 못 했다. 어스름 청소부들을 아예 모르는 곳에선 상관없지만, 이렇게 별난 애들을 모아 놓은 곳에서는 나의 약점이 티가 날 거라는 걸. 같은 어스름 청소부들조차도 꺼림칙해하는 우리 집. 공식적 왕따. 나는 바로 일어나 강당을 나왔다.

정제하는 왜 자기를 두고 갔냐며 투덜댔다. 그 학교 애들이랑 연락처 주고받고 수다 떠느라 내가 가는 걸 못 본 게 누군데.

그 학교에 가면 제하랑도 멀어질지 모른다. 지금이야 이 동네에 이상한 애가 우리 둘뿐이니 제하의 그 수많은 친구 중에서도 나는 나름 특별한 존재인 거다. 하지만 그런 곳에서는 제희가 굳이 나랑 친할 이유가 있을까?

"여보세요? 아, 지금요? 네, 나갈게요."

핸드폰에 들어갈 듯 코를 박고 있던 제하가 통화를 하며 날 돌아봤다.

"아저씨야. 어스름 알바 하라고 하시는데?"

나는 안 부르고 제하를 부른다, 이거지. 기분이 팍 상했다. 나는 재빨리 운동화를 꿰어 신었다. 안 부르면 안 갈 줄 알고?

우리 집 대문 앞에 세워진 차 뒷좌석에 타자마자 차가 출발했다. 엄마 아빠는 아이보리색 작업복을 갖춰 입고 있었다.

"제하 바쁜 거 아니었니? 부탁 좀 할게."

운전대를 잡은 엄마가 제하에게 말했다. 나는 보이지도 않나 보다.

"저 엄청 한가해요. 편하게 불러 주세요, 아줌마."

제하가 착하게 대답했다. 다하 언니가 들으면 뒷목 잡을 일이지만, 제하 나름의 이유는 있다. 우리 집 알바는 페이가 세다. 어스름을 '보는' 사람만 할 수 있어서다. 제하는 사람에 붙은 어스름은 잘 못 봐도 길의 어스름은 대략 볼 수 있다.

"나도 여기 있어."

내가 불퉁하게 말하자 조수석의 아빠가 멋쩍게 돌아보았다. 엄마는 백미러로 나를 보는가 싶더니 날 선 목소리로 물었다.

"소요 너 얼굴 긁었어?"

나는 대답도 안 했다. 엄마는 내가 어스름 만지는 것을 싫어하고, 기껏 도와준대도 저리 가라고 성화다. 나더러 어쩌라고. 태어나길 이런 집에 태어나서 보고 자란 게 어스름뿐인데.

"머리 묶으라니깐? 머리카락 때문에 더 그래!"

나는 보란 듯 머리를 숙여 부스스한 옆머리로 얼굴을 가렸다. 옆에서 제하가 이어폰 하나를 슬쩍 내밀었다. 이어폰에서 머릿속을 두드리는 음악이 나오자 기분이 조금 나아졌다.

"차가 엄청 밀리네. 이러다 밤 되겠어."

아빠가 초조해하며 두리번거렸다. 밤에는 어스름 수거를 안 한다. 어둠과 어스름 구분이 잘 안되기 때문이다. 그래서 우리 가족은 밤에 다니는 것 자체를 별로 안 좋아한다.

"낮이 길어져서 아직 여유 있어."

엄마는 태연하게 말했지만 차들은 붙박인 듯 안 움직였다. 결국 엄마는 경광등을 꺼내 자동차 지붕에 얹었다. 붉은 불빛과 함께 사이렌이 시끄럽게 울리기 시작했다.

"꼭 그래야 돼?"

진짜 쪽팔린다. 나는 창밖의 누구도 날 볼 수 없도록 몸을 숙였다.

"공무야. 사적으로 남용하는 기 아니라고."

엄마는 난호하게, 내 기준으로 뻔뻔하게 말했다.

경광등의 위력에 기대 도착한 곳은 명동이었다. 평일인데도 거리에는 사람이 북적였다. 평범한 사람도 많고, 이상한 사람도 많았다. 저기 네일 숍 유리 너머 의자에 앉은 손님처럼. 팔이 하나, 둘, 셋, 넷……. 그럼 손가락은 스무 개. 돈도 두 배로 내겠지?

"여기요!"

하얀 강아지를 안은 아저씨가 우리를 향해 한쪽 팔을 휘둘렀다. 관절이 하나 더 있어 보통 팔보다 훨씬 더 길었다. 나는 익숙하게 놀라지 않은 척했다. 아저씨는 그 긴 팔로 가게와 가게 사이 좁은 골목 안을 가리켰다.

골목 끝 막다른 벽에는 '낙석 주의', '균열 주의' 등 뭐 온갖 걸 주의하라는 표지판이 걸려 있었고 사람 크기만 한 거대하고 울퉁불퉁한 어스름이 한가득 붙어 있었다. 지독한 냄새와 냉기를 뿜어내는 어스름 덩어리를 보자 절로 소름이 돋았다.

"소요, 넌 물러서."

엄마가 팔을 뻗어 나를 가로막았다. 하얀 강아지를 품에 안은 아저씨가 투덜거렸다.

"여기 뭐 있는 거 맞죠? 나한텐 안 보이는데, 우리 해피가 이쪽 보고 계속 짖더라고요. 안 와 봤으면 모를 뻔요. 청소부들이 바쁜 건 알겠지만, 대표 번호로 신고한 게 언젠데 이제야 와요?"

어스름 청소부들도 일을 가린다. 이렇게 더럽고 쉽지 않은 일은 아래로 넘긴다. 넘기고 넘겨서 가장 아래에 있는 우리 집까지 온 거다.

강아지 주인은 잘 좀 치워 달라 당부하고 자리를 떠났다. 엄마는 형광 주황빛 고깔을 골목 입구에 세워 놓고 주위를 두리번거렸다.

"어디 보자, 이리로 오라고 했는데."

"누구?"

내 물음에 아빠가 대답했다.

"구청에서 사람이 오기로 했어. '박서이 주무관'이라고, 우리가 어떻게 일하는지 한번 보고 싶다고 했거든."

아…… 그 일. 나와 제하는 눈빛을 주고받았다. 2주 전, 난데없이 구청에서 두툼한 우편물을 우리 집에 보내왔다. 예산 집행의 적절성을 확인하겠다느니, 효율성을 점검하겠다느니 하는 복잡한 내용의 서류를 몰래 읽으며 평생 몰랐던 사실을 알게 되었다. 우리에게 어스름 청소 일을 맡긴 건 구청, 정확히는 정부였다.

어스름 청소부들에게 고용주가 있는 줄은 몰랐다. 우리 집만 해도 할머니의 할아버지의 할머니의 할아버지, 어쩌면 그 윗대부터 계속 어스름을 치웠으니까, 당연히 해야 하는 일이었으니까.

"뭐야, 너네 나랏일 하는 집안이었어?"

제하는 너스레를 떨었지만 별로 좋은 느낌은 아니었다. 엄마 아빠의 늘어 가는 한숨과 어두워진 얼굴을 보면 그랬다.

어스름을 보러 오겠다니, 어스름을 볼 수 있는 사람일까? 잠시 뒤, 박 주무관이 도착했다. 갑자기 불려 나온 것치고 되게 밝고 명랑했다.

"안녕하세요! 불러 주셔서 감사해요. 서류만 봐서는 감이 안 오더라고요. 여기 어스름이 있나요? 어디에 있어요?"

박 주무관이 물었다. 뭐야, 못 보잖아. 코앞에 있는데.

"여기 있다고요? 죄송하지만, 저한테는 안 보이는데……"

박 주무관은 얼빠진 얼굴로 두리번거렸다. 엄마는 너그러운 미소를 지었다.

"보통 사람에게는 안 보여요. 음, 보통 분들 중에서도 어스름을 보는 사람이 있긴 해요. 무서운 이야기 좋아하시나 모르겠는데, 사람들이 귀신을 봤다고 하잖아요. 어스름 덩어리를 보고 귀신이라 착각한 경우가 많다고 해요. 어떤 얘기가 있었냐면……"

박 주무관은 입을 반쯤 벌리고 엄마가 풀어놓는 어스름과 귀신 이야기를 들었다. 그 사이 제하는 박 주무관의 얼굴을 꼼꼼하게 살폈다. 내가 보기엔 평범한 수준의 어스름이 붙어 있는 정도였지만, 얼룩을 읽으면 좀 더 세밀한 정보를 알 수 있을 터였다. 얼룩은 그 사람이 겪은 경험과 마음 상태에 따라 특정한 형태와 농도를 가지게 된다고 한다. 잊힌 과거와 감춘 비밀까지 얼룩에 스민달까.

제하는 어렸을 땐 사람의 얼룩을 무서워했다. 너무 잘 보인 탓에, 사람을 마주할 때마다 어린아이가 감당하기 힘든 충격을 받았던 것이다. 지금처럼 집중을 할 때만 얼룩이 읽히는 상태를 만들기 위해 제하는 뼈를 깎는 노력을 해 왔다.

제하가 얼룩 읽는 게 마음 쓰였다. 너무 자세히는 안 봤으면 했다. 머리 아플지도 모르니까.

"……나쁘진 않은데. 무슨 꿍꿍이가 있을 거 같지는 않다."

제하가 결론을 내렸다. 경계심이 조금 풀렸다. 그러나 좋은 사람인 것과는 별개로 저 사람이 하려는 일이 우리에게 어떤 영향을 미칠지는 더 지켜봐야 했다.

"잘은 모르겠지만요, 어쨌든 저도 열심히 돕겠습니다!"

박 주무관이 의욕적으로 말했다. 보지도 못하면서 뭘 돕겠다는 건지. 엄마 아빠는 의례적인 미소를 짓고는 마스크를 올리고 장갑을 벗었다. 울퉁불퉁한 어스름 덩어리에 맨손을 대자, 바위처럼 단단하던 어스름의 표면에 실금이 가기 시작했다.

얼마나 차가울까, 저절로 눈살이 찌푸려졌다. 엄마 아빠는 무표정이었지만 손가락이 금세 빨개졌다. 그래도 둘은 손을 떼지 않았다. 어스름 덩어리에 충분히 금이 가서 잡아뗄 수 있게 될 때까지. 세상에서 오직 우리 어스름 청소부만이 이렇게 어스름을 쪼개어 제거할 수 있다.

박 주무관은 진지하게 엄마 아빠를 지켜보다가, 나에게 조용히 물었다.

"저기, 두 분 뭐 하시는 거예요?"

이 사람에게는 허공에다 헛손질하는 걸로 보이겠지. 팬터마임 같으려나. 나는 애매하게 웃어 보였다. 미소로 때우려 했는데 박 주무관은 눈을 동그랗게 뜨고 내 대답을 기다렸다.

"그러니까…… 저기 있는 어스름은 뭐랄까, 딱지 같은 느낌이거든요. 상처에 생기는 딱지 아시죠? 딱딱하고 우툴두툴하고."

박 주무관은 수첩에 내 말을 열심히 받아 적었다. 이러면 설명을 대충 할 수가 없는데. 쓰다 만 수행 평가지라도 가져올걸.

"보통 옅은 어스름은 곰팡이나 먼지 같거든요? 넓게 퍼지면 안개 같기도 하고요. 그런 건 내버려둬도 알아서 사라져요. 근데 어떤 어스름은 모여서 딱지처럼 굳어요. 상처가 심하면 딱지가 두툼하게 올라오잖아요. 오래 방치된 어스름 덩어리는 거기다 몇 배, 몇십 배 곱한 느낌이에요. 지금 그런 딱지를 떼고 있는 건데요. 아, 중요한 게, 무작정 다 떼면 안 되거든요?"

"그건 왜 그런가요? 다 떼 버리는 게 좋지 않나요?"

박 주무관이 묻자 힘겹게 어스름 한 덩어리를 떼어 낸 엄마가 허리를 폈다. 엄마가 내 설명을 다 들었을 걸 생각하니 쪽팔렸다. 나는 입을 다물었다. 내 기분을 눈치챘는지, 엄마가 박 주무관의 질문에 대답했다.

"예로부터 내려오는 수칙이 있어요. 첫째로……."

귀에 인이 박히도록 들은, 줄줄 외울 수 있는 바로 그 수칙.

첫째, 엉키고 뭉쳐 딱딱해진 어스름은 수거한다.
둘째, 어스름을 뗄 때는 가장 안쪽의 한 겹은 남긴다. 만약 마지막 한 겹이 다 떼어진다면 그만큼을 도로 붙인다. 붙일 수 없다면 즉각 그 자리를 떠나야 한다.
셋째, 인간에게 붙은 어스름은 떼어서는 안 된다.

"오…… 나폴리탄 괴담 같아요. 재밌어요!"

박 주무관이 감탄했다. 이상한 세상에서 탈출하기 위해 매뉴얼대로 움직여야 하는 그런 괴담. 비슷하긴 하다. 왜 그렇게 행동해야 하는지 이유를 말해 주지 않는다는 점에서 특히나.

"되게 긍정적이시네."

제하가 중얼거렸다. 나는 엄마가 세 번째 수칙을 읊을 때 슬쩍 눈을 내리깔았다. 내가 사람에게 붙은 어스름을 뗀다는 걸 엄마가 알게 된다면……. 으, 상상도 하기 싫다.

"수칙을 어기면 어떻게 되나요?"

박 주무관이 물었다.

"누가 벌을 주거나 하지는 않아요. 다만, 수칙을 지키지 않아서 벌어지는 일을 감당해야겠죠. 나 하나 힘들어지는 게 아니라 많은 사람에게 피해를 줄 수도 있습니다. 그러니 꼭 지켜야 해요."

엄마가 엄숙하게 대답했다. 엄마가 진지하단 건 잘 알겠지만, 어스름을 보지도 못하는 사람에게 저런 말을 해 봤자 무슨 소용인가 싶었다. 화제를 돌리듯 아빠가 벽 구석을 가리켰다.

"여기, 이끼 낀 데만 어스름이 안 붙은 거 보이시죠? 아, 못 보시지……. 어쨌든 식물이 많은 곳에서는 어스름이 덜 굳어요. 그러니 보도블록이나 담벼락 밑에는 이끼라도 자라게 두는 게 낫습니다."

숲에는 어스름이 거의 없고 사람이 다니는 등산로에나 조금 생긴다. 그런 어스름은 신선하다. 어스름에 신선하단 표현을 써도 되나 모르겠지만 신선한 어스름과 굳어 딱딱해진 어스름은 분명히 다르다. 엄마가 말을 이었다.

"굳지만 않으면 딱히 해로운 것도 아니에요. 사람 사는 곳에 어스름이 생기는 건 자연스러운 일이기도 하고요. 뭐, 먼지 한 톨 없이 살 수는 없잖아요."

"하긴 너무 청결하게 살아도 면역력이 떨어진다더군요."

박 주무관이 적절하게 말을 받았다.

"그럼 길에 있는 어스름만 치우시는 건가요?"

"공공장소에 있는 어스름 덩어리를 수거합니다. 개인적인 공간까지는 접근할 수도 없고 인력도 부족하니까요."

"음, 근데요, 어차피 안 보이니까 안 치워도 별 상관 없지 않나요?"

박 주무관이 순수하게 의문을 제기했다. 엄마 아빠의 표정이 굳었다. 나도 확 짜증이 났다. 설명해야 한다는 그 자체가 기분이 나빴다. '너희는 안 해도 되는 일을 왜 하는 거야?' 생업에 대해 이런 질문을 받고도 기분 안 나쁠 사람이 있을까.

아빠가 애써 침착한 태도를 유지하며 말했다.

"사람들은 어스름을 보지 못해도 무의식적으로 피하게 됩니다. 밟지 않고 만지지 않지요. 예전에 도로에 생긴 어스름 덩어리 때문에 교통사고가 연달아 난 적이 있었어요. 운전자들은 자기가 왜 핸들을 돌렸는지 논리적으로 설명하지 못했지요. 저희 청소부들이 그 어스름 덩어리를 제거하고 나서야 사고가 나지 않게 되었습니다."

"아……. 그렇군요."

박 주무관은 그다지 설득되지 않은 얼굴로 대답했다. 우리가 더 답답할까, 저 사람이 더 답답할까. 저울에 올려놓으면 똑같을 거다.

엄마 아빠는 다시 어스름을 해체하는 작업으로 돌아갔고 한 시간 남짓 애쓴 끝에 벽에 붙은 덩어리를 한 겹 남기고 다 떼어냈다. 이제 제하와 내가 나설 차례였다. 우리는 맨손으로 어스름을 만지는 게 금지되어 있다. 그러니 마지막 단계, 수거에만 참여한다. 우리는 부서진 어스름 덩어리를 집게로 집고 빗자루로 쓸어서 수거용 봉투 안에 넣었다.

제하는 작은 것까지 정확하게 보지는 못하기 때문에 자잘한 걸 집는 건 내 몫이었다. 엄마는 내가 하는 걸 유심히 보고 있다가 나와 눈이 마주치자 고개를 휙 돌렸다. 뭐 맘에 안 든다, 그거겠지.

으, 얼굴이 살짝 간지럽기 시작했다. 참고 또 참았다. 절대로 엄마 앞에서는 긁지 않을 거다. 어스름을 수거하다 얼굴 긁는 모습을 보이기라도 하면, 나는 아예 어스름 접근 금지를 당하고 말 거다. 제하를 방패 삼아 어스름을 다 치웠을 때였다.

"이거 좀 버릴게요."

지나가던 두 남녀가 어스름 수거 봉투에다 일회용 플라스틱 컵을 툭 던져 넣었다. 다 먹지도 않은 거, 얼음이 달그락거리는 걸!

"이보세요! 도로 가져가세요. 이거 쓰레기봉투 아니에요."

엄마가 날카롭게 말했다. 젊은 커플은 발길질이라도 당한 것처럼 기분 나쁜 표정을 지었다.

"쓰레기 치우는 거 맞잖아요, 어차피 그쪽이 할 일 아니에요?"

"쓰레기라고 다 같은 쓰레기인 줄 알아요? 모르면 배워요. 플라스틱은 재활용 쓰레기통에! 먹던 음료는 다 처리하고서!"

"배운 게 없다고? 어디서 큰소리야, 이 아줌마가?"

분위기가 험악해졌다. 나는 엄마 옆에 붙어 섰다. 여차하면 나도 나서려 했는데, 아빠가 그 커플을 향해 미안하다며 먼저 사과했다. 아빤 맨날 저런다. 우리가 뭘 잘못했다고 사과를 하나.

"아이 씨, 재수 없게."

남자가 한마디 했다. 뭐? 그 말에 버튼이 눌렸다. 아무것도 모르고 못 보는 당신 같은 사람을 위해 이런 수고를 하는데 고마워하지는 못할망정 재수?

그러나 제하가 나보다 한발 빨랐다. 제하는 남자의 얼굴을 뚫어져라 바라보더니 과장되게 말하기 시작했다.

"아이고야, 거짓말이 입에 붙으셨네. 돈 문제도 있으시고. 들킬까 봐 조마조마하시네. 여자분도 알고는 있으셨나 봐요, 의심이 가득한 걸 보니. 서로 못 믿어서 어째요. 이 기회에 다 청산하고 새 삶을 사세요. 근데 거짓말이 한두 개가 아니어서 청산이 되려나."

제하는 두 사람을 번갈아 보며 혀를 찼다. 나는 웃음을 숨기려 손으로 입을 가렸다. 제하가 얼룩을 읽어 온 것이다.

"너 저 말 진짜야?"

여자가 남자에게 목소리를 높였다.

"아니지! 자기야, 지금 처음 보는 애 말을 믿는 거야? 야! 너 사기꾼이지?"

남자가 제하에게 호통쳤지만 여자가 남자 멱살을 잡고 자기 앞으로 끌어당겼다.

"너 그 돈, 예금으로 잘 넣어 놓은 거 맞지? 또 코인 한 거 아니지? 어!"

우리는 난리를 피우는 그 사람들을 내버려두고 서둘러 발걸음을 옮겼다. 엄마 아빠가 어스름 봉투를 끌고 앞섰다. 제하와 나는 집게와 빗자루를 챙겨 들고 뒤를 따랐다.

"제하야, 고맙다. 어떻게 마무리하나 깜깜했는데."

엄마가 말하자 제하는 아무렇지 않다는 듯 대답했다.

"뭐 별거 아닌데요."

뒤따르던 박 주무관은 어리둥절한 얼굴로 물었다.

"방금 뭐예요? 뭘 한 거예요?"

"얼룩을 읽은 거예요. 사람마다 얼굴에 얼룩이 있거든요. 거기다 뭐 인상과 옷차림도 보고, 분위기도 파악해서 때려 맞힌 거죠."

제하는 나름 친절하게 설명을 했다. 원래는 얼룩 얘기하는 거 별로 안 좋아하는 애가, 우리 집 일이라고 무리하는 것 같았다. 오늘 벌써 얼룩을 두 번이나 읽었으니 분명 집에 가서 끙끙 앓을 거다.

"무리하지 마."

작게 말하자, 제하는 어깨를 으쓱했다.

실은 제하 걱정할 때가 아니었다. 얼굴의 가려움이 급속도로 심해졌다. 나는 제하 뒤에 숨듯이 서서 얼굴을 벅벅 긁었다.

좀 가렵고 말면 다행인데, 불길한 예감이 들었다. 이거, 오래갈 것 같은데.

"김소요! 일어났어? 더 자면 지각이야!"

방 밖에서 엄마가 외쳤다.

"어……. 아까 일어났어. 나갈게."

사실이다. 깬 지 10분은 넘었다. 그저 침대에서 못 빠져나오고 있는 거지. 아침부터 얼굴이 간지러워서, 긁으면서 잠에서 깼다. 피부밑에서 뭐가 꿈틀대는 느낌이었다. 누가 얼음을 얼굴에 가져다 댄 양 찌릿찌릿한 통증까지 더해졌다. 이럴 걸 각오했지만 진짜 그러니까 더 짜증 났다.

"소요야, 어디 안 좋아? 아이고, 얼굴 또 긁었네."

아빠의 말에 작업복을 수선하던 엄마가 날 홱 돌아보았다. 잔소리가 폭발할 게 뻔해서 화장실로 도망쳤다.

거울을 보자 한숨이 절로 나왔다. 긁어서 빨개진 얼굴 위로 곰팡이 같은 어스름이 얼룩덜룩하게 붙어 있었다. 어스름이 붙은 게 문제가 아니다. 그게 보인다는 게 문제다. 옛날엔 안 그랬는데, 작년 가을부터 이렇게 너무 잘 보일 때가 있다. 이런 날엔 얼굴도 몇 배로 가렵다.

어제 그 독한 어스름 때문인가. 엄마는 분명히 그렇게 생각할 거고, 내가 조금이라도 간지러워하거나 어스름이 평소보다 잘 보인단 소리를 하면 잔소리를 퍼부을 것이다. 내가 뭐랬어, 어스름 만지지 말랬지! 하고.

"나 오늘 빨리 가야 돼."

나는 엄마의 잔소리를 피하기 위해 아침도 마다하고 일찍 집을 벗어났다. 간지러워서 미치겠는 것도, 너무 잘 보여서 돌아 버리겠는 것도 나인데 엄마 눈치까지 봐야 한다.

덥고 맑은 6월의 첫날, 학교 가는 내내 공기 중에 뭉쳐 떠다니는 어스름이 보였다. 학교에서도 마찬가지였다. 교실에는 어스름이 안개처럼 자욱하게 깔렸고 아이들의 머리카락과 옷자락, 가방에도 옅은 어스름이 묻어 있었다.

'보통'의 사람이라면 어스름이 조금씩은 묻어 있기 마련이다. 물티슈로 책상과 의자를 닦으며 병적으로 청결에 집착하는 애들한테도 앞머리나 옷소매에 어스름이 묻어 있다. 다만 오늘은 그런 어스름이 한 열 배는 더 심하게 잘 보였다.

그리고 그만큼 추웠다. 거대한 냉장고에 들어온 것처럼 으슬으

슬했다. 겉옷 지퍼를 끝까지 올리고 눈을 감고 버텼다.
"김소요, 추워? 오늘 덥지 않아?"
짝이 물었다. 나는 겨우 입꼬리를 끌어 올려 웃었다. 그런데, 안 보면 좋았을 것이 눈에 들어왔다. 앞자리에 앉은 애 머리카락에 붙은 새끼손톱만 한 어스름 덩어리. 옅은 어스름은 빗거나 감으면 사라질 테지만, 이건 굳어서 상처 딱지 같아진 상태였다. 저런 건 청소부가 아니면 뗄 수 없다.

셋째, 인간에게 붙은 어스름은 떼어서는 안 된다.

세 번째 수칙이 자동으로 머릿속에 떠올랐다. 알아, 안다고. 그래도 봐 버렸는데 어떡하냐고. 더 커지면 시도도 못 하겠지만 이 정도 크기는 뗄 만한걸. 한숨 한 번 쉬고, 손가락을 살짝 어스름에 댔다. 딱딱하던 어스름에 균열이 생기자마자 툭 쳐서 떨어뜨렸다. 어스름이 머리카락에서 떨어지는 순간 손끝에 바늘로 쿡 찌르는 것 같은 아픔이 느껴졌다.
"아, 깜짝이야. 뭐야?"
앞자리 애가 뒤돌아봤다. 내가 받은 충격만큼 이 아이에게도 충격이 가해진 탓이었다. 인간에 붙어 있는 어스름을 떼면 그렇다. 엄마 아빠 몰래 수칙을 어기고 제하에게 붙은 어스름을 떼어 내다가 알게 된 사실이었다.

"아, 미안. 정전기 났다."

내가 대답하자 그 애는 짜증 난 얼굴로 자기 머리를 막 털었다. 야, 나도 아팠거든? 너 좋으라고 참은 거야! 하고픈 말을 삼켰다. 절대 입 밖에 낼 수 없는 말이었다. 어차피 이 애들은 어스름을 보지 못하니까.

나는 책상 위에 떨어진 어스름 덩어리를 손가락으로 뭉개 흩어 버렸다. 숙명처럼 얼굴이 가려워졌다. 나는 어쩌라고 싶은 마음으로 뺨을 긁었다.

"김소요, 넌 진짜 정전기 많이 인다."

짝이 말했다. 하하, 억지로 웃는 척했다. 평소에 애들 어스름을 좀 많이 떼긴 했다.

제하는 떼지 말라고 한다. 무시하라고. 하지만 내버려둘 수가 없다. 한번 눌어붙은 어스름은 다른 어스름을 끌어당겨 크기가 커지고 점점 딱딱해진다. 그런 어스름을 많이 달고 있는 사람은 확실히 다르다. 어스름이 늘어날수록 완고해지고 융통성이 없어진다.

역사 선생처럼.

"조 구성은 이걸로 됐지? 불만 있으면 얘기해. 이 시간 지나면 못 바꾼다."

'역사'의 두 눈가에는 오래된 어스름이 붙어 있다. 중1 때는 볼에 내려온 정도였는데, 2년이 지난 지금은 뺨을 타고 턱까지 번져서 검은 눈물을 흘리는 것 같다. 영원히 낫지 않는 상처, 절대 떨어지지 않을 딱지. 제하는 역사의 얼룩을 읽더니 되도록 피하고 상종하지 말라고 했다. 뗄 생각도 하지 말라고. 당연하다, 저런 걸 건드렸다가는 정전기가 아니라, 사형 집행 수준의 전기충격이……

"김소요, 뭐 문제 있니?"

역사의 목소리에서도 어스름이 묻어나는 것 같았다. 이럴 때면 어스름이 감정이나 인격과 상관없다는 아빠의 말에 의심이 간다. 아빠는 어스름을 악의라든지 분노와 구분해야 한다고 말하지만 부정적인 기운에 어스름이 더 잘 붙는 건 사실이니까.

"아니요."

눈을 피하며 대답했다.

역사는 나를 싫어한다. 매시간 안 짚고 넘어가는 적이 없다. 왜 내가 싫은지 모르겠다……기엔 짐작 가는 게 많다.

1학년 때 담임이었고, 내가 자기소개서를 파란색 볼펜으로 써서 제출했을 때부터 찍혔다. 그렇게 튀고 싶냐는 말에 나는 제대로 대답하지 못했다. 검은색 필기구를 쓰면 글씨 주위로 어스름이 모여든다고 어떻게 말할 수 있단 말인가.

연필부터 볼펜, 수성펜 다 그렇고 크레파스와 매직은 최악이다. 초등학교 때는 제하가 똑같이 검정색을 안 쓰는 걸로 내 편을 들어주었는데, 5학년 때 내가 제발 좀 그러지 말라고 한 달을 싸우며 그 고집을 꺾었다. 나만 손가락질당하면 되지 애꿎은 제하까지 끌어들이긴 싫었다.

시험 볼 때도 아주 미치겠다. 컴퓨터용 사인펜은 왜 검은색밖에 없을까. 컨디션이 안 좋은 날 시험을 보면 오엠알 카드에 답을 표시할 때마다 어스름이 개미 떼처럼 몰려오는 게 보인다. 소름이 끼쳐서 막 찍어서 넘긴다. 덕분에 시험 성적은 들쑥날쑥 개판이다.

1학년 땐 부모님까지 학교로 불려 왔었다. 엄마 아빠는 한마디 대꾸도 없이 역사의 말을 듣기만 했다. 당연히 알았겠지, 설명도 변명도 못 할 상황이라는 거.

종이 쳤는데도 역사는 오늘도 기어이 한마디 했다.

"김소요, 너 또 수행 평가 파란색으로 써서 냈지? 끝까지 이럴 거니? 졸업할 때까지? 사회 나가서도 이러면 정상적으로 살 수 있을 거 같아? 사람들이 널 제대로 된 인간으로 봐 줄 거 같아?"

진짜 싫다. 이 상황이 다 싫다. 어차피 나는 이미 제대로 된 인간도 아닌데.

우리 반에서는 나 혼자 가방도 패딩도 신발도 까만색이 아니다. '어스름 붙은 줄도 모를까 봐'라는 이유로 엄마가 절대 안 사 준다. 지난겨울에도 엄마는 아이보리색 패딩을 사 왔다. 나는 까만 패딩 아니면 안 입겠다고 버텼다. 후드 집업만 입고 다니는 걸 보면 엄마 마음이 변할 줄 알았는데, 영하 14도의 날씨에도 끝까지 안 사 줬다. 내 꼴을 불쌍히 여긴 제하가 초등학생 때 입던 패딩을 빌려준 덕에 겨우 살았다.

그래도 학교 애들은 대체로 착하다. 날 이상하다고 생각은 하겠지만 대놓고 뭐라 하지는 않는다. 지금 짝도 수다를 떨다가 꼭 내게 의견을 물어봐 준다.

"김소요, 네가 보기엔 누가 제일 낫냐?"

짝이 핸드폰을 불쑥 내밀었다. 나는 본능적으로 고개를 돌려 피했다. 화면에 붙은 어스름이 춤추는 아이돌의 리듬에 맞춰 흔들리고 있어서 조금만 봐도 어지러웠다.

"어, 거기 왼쪽."

제대로 보지도 않고 대답하는 내가 어떻게 보일지 너무나 짐작 가능했다. 나도 평범하게 얘기하고 싶은데. 그게 안 되면, 내가 왜 이러는지 설명이라도 하고 싶은데.

주먹을 꽉 쥐고 입술 안쪽을 꽉 깨물고 학교가 끝날 때까지 버텼다. 점심도 굶었다. 오늘 같은 날에는 반찬에 어스름이 섞인 게 보일 테니까. 평소라면 안 보일 테니 있는 줄도 모르고 먹을 텐데. 누가 없게 해 달래? 그냥 안 보이기만 하면 된다고! 도대체 왜, 왜, 왜!

차라리 막 살까. 어떻게 해도 이 상황을 벗어날 수 없다면, 두 눈을 뽑아 갈아 치울 수도 없다면. 7교시가 끝나자마자 학교를 벗어나려 계단을 뛰어 내려가는데 어떤 애 어깨에 단추만 한 군은 어스름 덩어리가 붙은 게 보였다. 나는 그 애 옆을 지나가며 어스름을 확 떼 버렸다.

"악! 뭐야?"

깜짝 놀란 아이의 비명 소리는 못 들은 척했다. 정전기라는 변명도 하지 않았다.

저릿한 아픔이 손끝에서부터 팔을 타고 올라오고, 얼음같이 차가운 어스름이 내 손 안에서 부서지는 게 느껴졌다. 동시에 얼굴이 가렵기 시작했다. 익숙한 아픔. 익숙한 가려움. 들끓던 마음이 가라앉았다. 그래, 이게 나지. 어떻게 해도 벗어날 수 없는, 나.

짙고 옅은 어스름을 헤치고 걷어차며, 얼굴을 긁어 대며 간신히 집에 도착했을 땐 인내심이라고는 한 조각도 남아 있지 않았다. 누가 주차를 이따위로 해 놓은 거야? 대문 앞에 어설프게 대 놓은 연두색 소형차. 우리 집에 손님이 올 리가…… 있네.

박 주무관이 거실 소파에 앉아 있다가 나를 보고 환하게 웃으며 인사했다.

"안녕하세요!"

"아, 네……. 안녕하세요."

어색하게 인사를 하고 내 방으로 가려다 마음을 바꿔 식탁 앞에 앉았다. 저 사람이 무슨 소리를 하는지 듣고 싶었다. 박 주무관도 방금 온 건지 아빠가 막 제하네 차를 우려내는 중이었다. 차를 한 모금 마신 박 주무관의 얼굴이 밝아졌다.

"이거 혹시 '소반 차' 아닌가요?"

"어, 아시네요? 이거 만드는 분들이 여기 옆집 살아요."

"앗, 다하 님이요? 저랑 새벽 수영 같은 반이에요. 그래서 차랑 비누도 받았는데!"

박 주무관은 이 동네로 이사 온 지 고작 세 달 되었다는데 아는 사람이 엄청 많았다.

"이 앞에 슈퍼 있잖아요, 거기 주인 할머니랑은 같은 뜨개질 모임 해요. 그리고 여기 마을버스 기사님 중에 저랑 도서관 독서 모임 같이하는 분도 계세요."

"……바쁘게 사시네요."

"그게 낙이에요."

박 주무관은 헤헤 웃너니 무릎에 올려 두었던 서류철을 뒤적였다.

"여쭤볼 게 있는데요, 매립장? 이렇게 부르는 거 맞나요? 수거한 어스름은 매립장에 넣으시는 거 맞죠?"

엄마 아빠는 순식간에 굳은 얼굴로 나를 흘낏 쳐다보았다.

여섯째, 수거한 어스름은 매립장에 넣는다. 매립장의 위치는 바꿀 수 없다.

"매립된 어스름은 어떻게 되죠? 매립장을 한번 보고 싶은데 가능할까요?"

박 주무관의 질문에 엄마 아빠가 긴장한 건 분명했다. 매립장을 보여 주기 싫어서, 무슨 문제가 있어서 그런 건 아니었다. 내가 옆에 있기 때문이었다.

"소요, 넌 제하네 가 있어."

이럴 줄 알았다. 엄마 아빠는 내가 매립장 가까이 가는 것조차 싫어한다. 나라고 뭐 엄마 열받게 하려고 일부러 매립장 근처를 오가는 게 아니다. 어쩔 수가 없다. 매립장은 바로 우리 집 마당에 있으니까.

"이게 매립장이라고요?"

박 주무관은 시선을 어디 둬야 할지 모르는 것처럼 두리번거렸다. 보통 집에 있기에는 좀 큰, 마당의 절반 이상을 차지한 네모반듯한 창고. 붉은 벽돌로 지은 건물이고 지붕에는 재작년에 검은 방수 패널을 새로 얹었다.

아빠가 푸른 옥 노리개가 달린 열쇠 뭉치를 들고나왔다. 크고 작은 열쇠가 열 개도 넘게 걸려 있는데 제일 큰 열쇠는 내 손바닥보다 컸다.

"김소요."

아빠가 엄하게 말하자 마당에서 미적이던 나는 발끈 화를 냈다.

"아, 알았다고."

내가 있으면 아예 문을 안 열 기세라서 나는 화단으로 올라가 나뭇가지를 밟고 담을 훌쩍 넘었다.

"어, 어! 저기, 뭐 하는 거예요?"

당황한 박 주무관에게 엄마가 괜찮다고, 옆집이랑 가족처럼 지낸다고 설명하는 걸 들으며 나는 제하네 다락으로 향했다.

"또 뭐냐."

한심함을 디폴트로 깔고 묻는 제하는 무시하고, 다락 작은 창문에 붙어 우리 집 마당을 내려다보았다. 나뭇가지 사이로 아빠가 아코디언 접이문을 밀어 여는 게 보였다. 수거해 온 어스름을 매립장에 넣을 때는 옆의 쪽문만 열면 된다. 오늘은 박 주무관에게 매립장 문부터 제대로 보여 주고 싶은 모양이었다.

박 주무관은 입을 벌리고 감탄했다. 여기에서는 안 보이지만 접이식 문을 열면 '진짜' 문이 나온다. 그 문은 정말 아름답다. 화려한 은제 장석으로 장식된 육중한 나무문에는 내 주먹만 한 자물쇠 열두 개가 열매 열리듯 주렁주렁 달렸고, 1년에 두 번씩 동백기름을 칠하며 애지중지 관리한다. 다만 나는 저 문 안을 본 적이 한 번도 없다.

"뭔데, 왜 그러는데?"

옆에서 제하가 귀찮게 굴었다. 제하는 핸드폰까지 내려놓고 내 옆을 비집고 들어와 창밖을 내다보았다. 박 주무관이 매립장 안으로 들어가는 건 안 보였지만 다시 나왔을 때의 표정은 예상대로였다. 맹하니 갸웃거리는, 뭐가 뭔지 모르겠다는 표정. 제하가 킬킬댔다.

"아무것도 안 보였나 보다. 《벌거벗은 임금님》에서처럼 '착한 사람 눈에만 보입니다', 이래야 하나."

"제하 너도 안에 못 봤댔지?"

제하가 고개를 끄덕였다. 수거한 어스름을 넣는 쪽문에서는 안이 제대로 보이지 않는다고 했다.

일곱째, 매립장에 들어간 어스름은 다시 꺼내서는 안 된다.

그러면 진작 어스름이 넘쳤어야 하는 게 아닐까? 지금까지 그렇게 많은 어스름을 넣었는데. 너무 궁금해서 캐물은 적도 있다.

엄마는 진짜 말하기 싫어했고 아빠가 마지못해 알려 주었다. 매립장에 넣은 어스름은 시간이 지나면 눌어붙어 부피가 줄어든다고 했다. 솜사탕을 꾹꾹 누르면 부피가 줄어드는 것처럼. 그러니 저 안에 있는 어스름의 밀도는 상상 그 이상일 것이다. 냉기는 또 어떨까? 빙하 동굴 속에 들어가는 느낌일까? 생각만 했을 뿐인데 볼이 간지럽기 시작했다.

"깜짝이야!"

"악!"

엄마가 이쪽을 획 올려다보는 바람에 시선을 피해 숨다가 제하와 머리를 정통으로 부딪쳤다.

"야⋯⋯. 김소요⋯⋯."

제하가 머리를 감싸고 신음했다. 꾀병 아냐? 나는 그 정도로 아프진 않은데.

아빠가 도로 매립장 문을 잠그는 걸 보고 나는 황급히 뛰어 내려갔다. 올 때처럼 담을 넘어가자 박 주무관은 아까의 얼떨떨한 얼굴은 지우고 전문적인 태도로 서류를 넘기며 말하고 있었다.

"집은 본인 소유신가요? 자가 여부를 여쭤보려는 게 아니라요, 매립장이 여기 부지에 있어서요. 매립장은 따로 등기가 되어 있나요? 소유주는 어떻게 되어 있는지요?"

"제 명의로 되어 있어요. 하지만 제 명의라고 해서 제게 이득이 될 일은 전혀 없습니다."

엄마가 칼같이 말했다.

"제가 선생님을 의심해서 그러는 게 아니라, 네, 물론 공과 사를 구별하시겠죠."

박 주무관은 두 손을 들어 휘저었다.

"공과 사를 구별하지 않아도 된다고 한들, 절대 이걸 제 '소유'로 생각하지는 않을 거예요. 그건 정말 끔찍한 일일 테니까."

엄마의 어조가 심각해졌다.

"음……. 그런데 말이죠."

박 주무관이 고민 가득한 표정으로 조심스레 입을 열었다.

"어스름을 재활용하는 방법은 고려해 보셨나요? 과거 기록들을 다 찾아보고 있는데요, 1980년대 초에 어스름 재활용 계획이 수립된 적 있더라고요. 아시나요?"

박 주무관의 질문에 엄마 아빠는 어이없는 얼굴로 서로를 마주 보았다. 어이없는 건 나도 마찬가지였다. 어스름을 어떻게 재활용하나, 말도 안 되는 소리!

"어디서 들으셨는지 모르겠지만, 불가능한 소립니다."

"매립장 어스름은 절대 꺼낼 수 없습니다. 꿈도 꾸지 마세요."

엄마 아빠가 불쾌한 내색을 했다. 박 주무관은 어색한 얼굴로 진실을 고백했다.

"실은, 어스름 관리 예산을 전체적으로 줄이라는 지시가 내려왔어요. 그게…… 90퍼센트는 줄여야 해서요……. 매립장 관리 비용부터 어떻게 줄여 보면……."

90퍼센트? 예산을 아예 없애겠다는 소리였다.

"매립장이 없으면 어스름 수거도 하지 못해요. 지금, 어스름 수거를 그만두라는 말씀이십니까?"

아빠가 눈썹을 일그러뜨리고 물었다. 박 주무관은 꼬리 내린 강아지처럼 엄마 아빠의 눈치를 살폈다.

"그게, 아무래도…… 예산이 없으니……. 선생님들이 해 오신 일을 깎아내리려는 건 아니에요. 중요한 일이라는 것도 이해해요. 그런데, 이게, 음……. 보이지가 않잖아요."

하! 더 이상 참을 수가 없었다. 나는 불쑥 대화에 끼어들었다.

"혹시 보이는 것만 필요하다고 생각하세요? 공기가 없어도 되나요? 안 보이니까?"

"아니죠, 물론 안 그렇죠! 어스름도 네, 중요하겠죠."

박 주무관은 당황했는지 손을 막 내저었다. 평소라면 어른에게 버릇없이 군다며 한마디 할 엄마는 표정 관리를 하지 못하고 멍하니 있었다. 엄마가 그 표정 그대로 박 주무관에게 물었다.

"……이 사실을 다른 청소부들도 알고 있나요?"

"네, 각 지자체에서 해당 지역 청소부들에게 공문을 보냈을 거예요. 맞다, 협의체나 노조는 없으신가요? 동료분들과 함께 의논해 보시면 좋을 것 같아요."

　엄마 아빠는 침묵했다. 어차피 우리 집은 다른 청소부들이 하라는 대로 할 거다. 끄트머리. 나머지. 전혀 목소리를 낼 수 없는 위치.

　박 주무관이 떠나고, 나는 일부러 방에 들어가 문을 꽉 닫았다. 엄마 아빠는 내가 듣지 않았으면 하는 대화를 하고 싶을 테니까.

　학교에 가서도 심란하기만 했다. 매립장이 없으면 어스름을 수거할 수도 없다. 그렇게 간단하게 끝이라고? 우리가 힘겹게 해 왔던 것이 누군가에게는, 아니 대부분의 사람에게는 그토록 의미 없다는 게 웃겼다. 아니 안 웃겼다. 억울했다. ……하지만 어쩌면, 혹시 이게 기회가 될 수도 있을까? 어스름과 아예 상관없는 삶을 살 수 있을까? 그게 더 나을까?

　생각에 몰두하느라 담임이 교실에 들어온 줄도 몰랐다.

"자, 자, 조용. 오늘 우리 반에 전학생이 왔다."

　담임의 말에 무심코 고개를 들었을 때, 나는 끼적이던 볼펜을 툭 떨어뜨렸다. 도대체 이게 뭐람?

　1교시 쉬는 시간이 끝나자마자 제하네 반으로 달려갔다. 평소엔 학교에서 제하를 알은체도 안 한다. 그러기로 약속한 건 아니고, 언제나 아이들에게 둘러싸여 있는 애한테 말 걸기 좀 그래서다. 하지만 지금은 앞뒤 가릴 것 없이 1반 문을 열어젖혔다.

"정제하!"

제하와 얘기하고 있던 아이들이 나를 동시에 쳐다보았다. 그런 것도 신경 안 쓰였다. 제하가 교실을 나오자마자 팔을 잡아끌었다.

"우리 반에 전학생이 왔거든? 장난 아니야, 너도 와서 봐야 돼!"

"너네 반 전학생을 내가 왜?"

제하는 질질 끌려왔다. 그 와중에도 제하는 마주치는 아이들과 인사를 하고 약속을 하고 약속을 지키지 못한 것에 대한 사과를 했다.

"어, 이따 피시방에서 보자. 아, 어젠 농구하느라 못 봤어, 미안."

제하 옆에서 허수아비 취급을 받아도 상관없었다. 내 생각은 온통 전학생에게 꽂혀 있었다. 아이들이 지나가고, 조용해진 복도에서 나는 제하의 귀에 대고 속삭였다.

"어스름이 없어, 하나도!"

어제처럼 심하진 않아도 난 여전히 어스름에 예민해진 상태였다. 그런데도 전학생에겐 어스름이 하나도 없었다. 너무 깨끗하니까 무슨 3D 캐릭터를 보는 거 같았다.

"가서 얼굴에 얼룩이 있나 좀 봐 줘."

제하 눈에 얼룩이 안 보인다면 정말로 어스름이 없는 게 맞을 것이다.

"뭐 잘못 본 거 아니야?"

투덜거리던 제하는 우리 반 문 앞에 서서 자기 친구들에게 인사를 건네며 전학생을 슥 스캔했다.

"진짜 얼룩도 없네."

제하가 중얼거렸다.

"그치, 맞지!"

심장이 두근거렸다. 이게 무슨 일이람? 그런데 제하가 찬물을 끼얹었다.

"모르는 척해."

너무하잖아! 그러나 익숙한 말이었다. '모르는 척해라.' 우리가 자라는 동안 가장 많이 들은 말일 거다. 초등학교 때 소방 안전 교육을 하러 온 소방관은 얼굴이 두 개였다. 제하와 나만 그걸 알아봤다. 한 얼굴이 진지하게 소화기 사용법을 설명하는 동안 다른 얼굴은 메롱을 하고 찡그리고, 웃긴 표정을 지었다. 제하와 나는 웃음을 참느라 진을 뺐다.

동네에 눈알을 파는 트럭이 등장했을 때도, 그리고 사람들이 거기서 눈알을 사 가는 동안에도―제하네 할머니는 사람들이 그게 귤인 줄 알고 사는 거라 했다―우리는 모르는 척해야 했다. 사실을 말하자면 우린 아예 모르는 척하진 않았다. 그 껍질을 까면 뭐가 나올지, 먹을 수는 있는 건지, 무슨 맛인지 너무 궁금했으니까.

"정제하, 너 얼룩 없는 사람 본 적 있어? 없지? 나도 어스름 없는 사람 처음 본다고! 안 신기해? 안 궁금해?"

"쟤가 사람이 아닐 수도 있지."

제하는 미묘한 표정으로 눈썹을 올렸다. 아, 장난칠 때가 아니야! 나는 발을 굴렀다.

"쟤도 분명히 우리랑 같은 거라고!"

정제하 이후로 최초로, 나 같은 애가 우리 동네에 나타났다. 나를 이상하게 생각하지 않을 만큼 이상한 애. 그러니까 내…… 친구가 될 수 있을 것 같은 애가.

친구는 어떻게 사귀는 거더라.

그 애가 너무 궁금하고 알고 싶고 말을 걸어 보고 싶은데, 뭘 어떻게 해야 할지 모르겠다. 말 한마디 못 걸고 슬쩍슬쩍 관찰만 했다.

전학생 송예나는 며칠째 어스름 없이 말끔했다. 심지어 어스름 구덩이인 과학실에서 수업을 하고 난 후에도 옅은 어스름조차 묻지 않았다. 쟤는 정말 뭘까?

사흘이 지나고 드디어 기회가 왔다. 송예나가 역사 수행 평가 우리 조에 들어오게 된 것이다.

"김소요, 왜 실실대니?"

역사가 검은 눈물 같은 어스름을 달고 날 노려보았다. 나는 눈을 내리깔았다. 아, 웃지도 못하나. 속으로는 계속 웃었다. 송예나와 같은 조라니! 모둠 과제가 기대되는 건 난생처음이었다.

점심시간에 같은 조 애들이 모였다. 나는 관심을 티 내지 않으려고 일부러 송예나 쪽은 보지도 않았다.

"이거 다 하려면 시간 좀 걸릴 거 같은데……. 누구네 집에 가서 할까? 되는 사람? 예나 너희 집은 어때?"

부반장의 말에 아이들은 일제히 송예나를 쳐다보았다. 평소라면 학교에서 하면 될 걸 남의 집까지 가야 하나, 싶었겠지만 송예나의 집이란 소리에 귀가 쫑긋 섰다.

"궁금하다, 예나네! 가도 돼?"

"어……. 그래."

아이들이 조르자 송예나는 당황한 기색으로 고개를 끄덕였다.

송예나 집은 큰길 건너 아파트라고 했다. 어스름이 없는 아이의 집은 어떨까. 설마, 집에도 어스름 하나 없는 거 아냐? 그런 게 가능할까? 어스름이 없는 공간은 단 한 번도 본 적 없다. 긴장도 되고 기대도 되었다.

하교 후에 다 같이 송예나를 따라갔다. 송예나는 문 앞에서 번호 키 대신 초인종을 눌렀다. 따라랑, 경쾌한 소리가 들렸다.

"누구세요?"

한 뼘 열린 문 안에서 중년 여자가 놀란 표정으로 우리를 바라보았다.

"엄마."

송예나가 여자의 팔에 손을 얹었다.

"아까 문자했잖아요, 친구들 데리고 온다고."

여자의 얼굴에서 긴장이 풀렸다.

"아, 그랬지? 엄마가 깜박했어. 어쩌지, 뭐가 없는데……. 일단 들어오렴."

나는 현관으로 들어가다 말고 숨을 들이키며 뒷걸음질 쳤다.

"아! 김소요, 뭐야!"

내게 발을 밟힌 누군가가 뒤에서 짜증을 냈다. 야, 너희는 못 봐서 그래! 송예나 엄마의 왼팔에 꽤 큰, 손바닥만 한 어스름 덩어리가 붙어 있었다. 울퉁불퉁한 정도를 보니 상당히 오래되어 보였다. 거실은 더 심했다. 일반적 기준으로는 깨끗한데, 곳곳에 어스름이 잔뜩 들러붙어 있었다. 내 예상과는 정반대였다. 이런 데 살면서 송예나한테는 어떻게 어스름이 하나도 없지?

"고양이 키우나 보다. 나 고양이 좋아하는데."

부반장 말대로 거실에 캣타워와 고양이 화장실이 있었다. 고양이는 어디에 숨었는지 보이지 않았다. 송예나 엄마는 사방을 두리번거렸다.

"얘가 또 이디로 들어갔지? 미미야, 미미야! 에구, 낯선 사람이 오면 숨거든. 그래, 과제 열심히 해. 엄만 머리가 좀 아파서, 누워 있을게."

송예나 엄마는 기운 없이 말했고, 우리는 우르르 송예나 방으로 들어갔다. 먼지 한 톨 없이 깨끗했다. 심지어 책상 위에도 아무것도 없었다.

"엄마가 정리하는 걸 좋아하시거든. 너희는 편하게 있어, 나중에 치우면 되니까."

송예나가 말했다. ……거짓말. 이 방은 송예나의 방일 수 없다. 이 방엔 굳은 어스름은 없었지만, 옅은 어스름이 먼지처럼 차분하게 내려앉아 있다가 우리가 들어서며 일으킨 바람에 이리저리 흩어졌다. 몇 년은 안 쓴 빈방임에 틀림없었다. 송예나는 왜 이런 거짓말을 하는 걸까, 엄마까지 끌어들여서?

"예나 엄마, 좀 아프신 거 같아."

송예나가 마실 것을 가져오겠다며 자리를 비우자 누군가 작은 목소리로 말했다.

"괜히 왔나 보다. 빨리 하고 가자."

아이들은 잡담도 하지 않고 과제에만 매달렸다. 나는 얼굴도 가렵고 으슬으슬 추워서 집중을 못 했다. 대략 마무리를 하자 7시가 넘었다. 보통 이 시간쯤이면 저녁을 먹고 가라고 빈말이라도 할 것이다. 하지만 그런 걸 기대할 수 없다는 건 분명했다.

"안녕히 계세요."

송예나 엄마는 희미하게 웃으며 우리를 배웅했고, 송예나는 따라 나와 엘리베이터를 같이 탔다. 1층으로 내려가는데, 엇, 살짝 어지러웠다. 그리고 얼굴이 미친 듯이 가렵기 시작했다.

"예나야, 월요일에 봐!"

"피자 잘 먹었어!"

아이들이 밝은 목소리로 인사했다. 둘씩 짝지어 걷는 아이들의 뒤를 따르며 아까 그 집에서 느낀 위화감을 되짚어 보려 했다. 하지만 얼굴이 가렵고 머리가 아파서 집중이 되지 않았다. 아까 왜 이상하다고 생각했지? 뭐가 섬뜩했었지? 고양이 때문이었나? 까만…… 고양이였지.

"소요, 잘 다녀왔니? 저녁은?"

엄마 아빠는 식탁 앞에 앉아 저녁을 먹고 있었다. 둘 다 피곤에 찌든 걸 보니 오늘 치운 으스름도 꽤 지독했나 보다.

"친구 집에서 피자 먹었어요."

"너 얼굴 왜 그래? 긁었어?"

엄마가 예민하게 내 얼굴을 살폈다. 내가 인상을 찌푸리자 아빠가 끼어들었다.

"그럼 쉬어. 우리 저녁 먹을게. 여보, 제하 온댔으니까 계란말이 다 먹지 말아요."

새콤한 김치찌개 냄새가 코를 찔렀다. 절로 입에 침이 고이고 배에서 꼬르륵 소리가 났다. 피자 먹은 지 한 시간도 안 지났는데 왜 배가 고프고 난리냐. 먹을까 말까 망설이는데, 우리 집 비밀번호를 알아서 누르고 제하가 들어왔다. 제하는 식탁 앞에 앉으려다가 나를 보고 미간을 찌푸렸다.

"잠깐, 뭐 붙었어."

제하가 내 목에서 뭔가를 떼어 냈다. 손톱만 한 하얀 스티커였다.

"어?"

갑자기 뒤섞였다. 아까 송예나네서 먹은 피자. 침대 위에 놓여 있던 예쁜 인형들. 애교 부리듯 다가온 검은 고양이……. 기억이 꿈처럼 스르륵 흐려지고 다리에 힘이 빠졌다.

"소요야, 왜 그래?"

아빠가 벌떡 일어나 나를 잡았다. 나는 아빠의 부축을 받아 천천히 의자에 앉았다.

"야, 김소요……."

뭔가 말하려는 제하를 눈짓으로 말렸다. 엄마 아빠 걱정시킬까 봐 막은 건 아니었다. 무슨 상황인지 알아차렸기 때문이었다. 이거, 송예나 때문인 게 틀림없다. 송예나에게 말 걸 수 있는 여지가 생긴 거다!

"예나 방 예쁘더라. 피자 맛있었어. 고양이도 진짜 귀엽고."

"예나 너 엄마 많이 닮았더라."

아침부터 아이들은 송예나를 둘러싸고 친근하게 말하고 있었다. 송예나는 작게 웃었다.

아니잖아, 그 방은 텅 비어 있었는데. 고양이는 보지도 못했고 아무것도 안 먹었는데 피자와 고양이의 기억이 저 애들에게는 생생했다. 그 '스티커' 같은 것 때문인 게 확실했다. 그게 송예나가 하는 일이었다. 흥미로웠다.

4교시 음악 시간이 끝나고 우르르 몰려 나가는 아이들 뒤에서 송예나를 불러 세웠다. 송예나는 긴장한 얼굴로 날 돌아보았다. 나는 아이들이 음악실을 모두 빠져나갈 때까지 기다렸다가 물었다.

"어떻게 한 거야? 기억을 만지는 거야?"

"무슨 소리야?"

송예나가 날카롭게 되물었다. 나는 송예나의 기분을 읽지 못하고 신나게 질문을 던졌다.

"애들이 다르게 기억하고 있잖아. 너희 집 말이야. 피자랑 고양이. 네가 그렇게 만든 거지?"

"……나에게 뭘 바라는 거야?"

이치 싫었다. 송예나는 겁에 질려 있었다. 겁에 질린 고양이를 대하는 법, 이런 거만 생각났다. 나는 두 손을 들고 뒤로 한 걸음

물러섰다.

"그냥, 나도 너랑 비슷하다고."

"그게 무슨 소리지?"

비밀을 교환하며 친구가 되는 방식은 그다지 선호하지 않는다. 하지만 이런 상황에서는 어쩔 수 없다. 봤으니까, 보여 줘야 하는 것이다.

"봐. 보여?"

나는 작년부터 음악실 피아노 건반 구석에 눌어붙어 있던 작은 어스름 덩어리를 손끝으로 집어 들었다. 송예나는 경계심을 풀지 않은 채 고개를 끄덕였다. 어스름이 보이는구나. 그럴 것 같았다니까!

나는 어스름을 비벼 흩어지게 했다. 송예나의 눈이 휘둥그레 커졌다.

"나는…… 우리 집은 어스름을 치워."

송예나와 나는 마주 보았다. 열린 창으로 초여름의 열기가 섞인 따뜻한 바람이 불어 들어왔다.

예나가 경계심을 풀기까지는 꽤 시간이 필요했다. 그래도 예나는 나를 피하지 않았고, 우리는 조금씩 대화를 이어 갔다. 내가 예나와 다니는 것은 모두에게 좋은 일이었다. 의무감으로 도와줘야 하는 전학생과 이상해서 외면하고 싶은 아이, 둘을 동시에 해결했으니까.

"저기 체육관 지붕에 어스름 덩어리 보여? 사람이 안 다니는 데 있어서 내버려두는 거야. 저런 게 사람 다니는 길에 있으면 청소부들이 나서서 수거해. 그대로 뒀다간 사고가 날 수 있거든."

"몰랐어. 치우는 사람이 있었구나……."

예나는 놀란 기색으로 중얼거렸다.

"그나마 학교엔 별로 없는 편이야. 아이들이 있는 곳엔 적대."

보통 어스름은 번화가, 지하철, 병원, 쇼핑몰처럼 사람들이 많이 오가는 장소에 쌓인다. 어스름은 사람에게서 나오기 때문이다. 사람의 피부에서 부스러기가 떨어져 나오는 것과 비슷하다.

사건 사고가 있었던 곳, 그 사고를 제대로 마무리하지 못한 곳에도 어스름 덩어리가 많이 생긴다. 그래서 어스름을 보고 그 장소에서 무슨 일이 있었는지 짐작할 수도 있다. 구체적으로는 몰라도 느낌으로 안다.

"초등학교 3학년 때였어. 친한 애가 있었는데……."

언젠가부터 걔는 자꾸 굳은 어스름을 붙이고 왔다. 머리카락에, 얼굴에, 손에. 두고 보기 힘들어서 나는 계속 떼어 냈다. 제하 말고 다른 사람의 어스름을 떼 본 선 처음이있다. '징진기'라는 변명도 그때 만들어 냈다.

떼어 내도 다음 날이면 그 애는 또 어스름을 붙이고 왔다. 그 집에 가 보고 이유를 알았다. 한 걸음도 디디기 힘들 정도로 굳은 어스름투성이였다. 바닥, 소파, 벽, 심지어 창문에도 어스름 덩어리가 덕지덕지 붙어 있었다. 집이 온통 상처 입어 딱지가 생긴 것처럼.

"왜 안 들어와?"

현관에서 그 애가 의아하게 물었다. 토할 거 같은 걸 꾹 참고 겨우 안으로 들어갔지만 그 애의 엄마가 방에서 나왔을 땐 더 이상 참을 수가 없었다. 어스름으로 떡 진 머리, 입술과 눈두덩이에 붙은 어스름 덩어리.

나는 뒤돌아 도망쳤고, 그 뒤로 그 애는 나를 모른 척했다. 오해를 풀거나 내 행동을 설명할 자신이 없어서 나도 그냥 멀어지는 것을 택했다. 다른 사람의 눈에는 그 집과 그 애의 엄마가 어떻게 보였을까? 나는 평범한 사람의 시선을 절대 알지 못할 것이다.

"너한테는 어스름이 아예 없어."

내 말에 예나가 긴장하는 게 느껴졌다. 나는 수습하려고 말을 덧붙였다.

"그렇게 이상한 건 아니야. 아니, 좀 이상한 거 맞는데 어차피 나한테만 보이는 거니까, 뭐."

말을 주워 담느라 쩔쩔매는데, 예나가 몇 번이고 입술을 깨물다 말했다.

"우리 집…… 갈래?"

그런데 예나는 지난번과는 다른 방향으로 갔다. 동네도 집도 아예 달랐다. 지난번엔 아파트였는데 이번엔 빌라였다.

"누구세요?"

벨을 누르자 안에서 소리가 들렸다. 예나가 대답했다.

"저예요."

"누구?"

어리둥절한 표정의 아주머니가 현관문을 살짝 열고 틈으로 고개를 내밀었다. 그때 봤던 예나 엄마가 아니었다.

"엄마."

예나는 아주머니의 손을 어루만지며 말했다. 똑딱, 아주머니는 1초 정도 멈췄다가 미소를 지었다.

"어머나, 친구랑 같이 왔니? 엄마 이제 나가야 하는데……."

"괜찮아요. 다녀오세요."

아주머니는 돌아서서 겉옷을 입고, 핸드폰과 지갑을 챙긴 뒤 놀다 가렴, 인사를 남기고 밖으로 나갔다.

"이제 저 사람은 인천까지 길 거야. 거기에서 약속이 있다고 믿을 테니까. 기억을 붙였거든."

예나가 소파에 털썩 앉으며 말했다. 나도 소파에 붙은 어스름을 피해 그 옆에 앉았다. 집은 달랐어도 눌어붙은 어스름이 많다는 건 같았다. 아주머니가 미처 끄지 못한 텔레비전에서는 예능 프로그램 재방송이 나오고 있었다.

"그 하얀 스티커 같은 거?"

예나가 쿡 웃었다. 지치고 슬퍼 보였다.

"맞아. 진짜로 '스티커'라고 부르는데, 딱 맞췄네. 기억을 담아 붙이는 거야. 어떤 기억이든 만들어 낼 수 있지만 그 사람과 아무 관계 없거나 맥락 없는 기억은 빨리 떨어져. 그러니까 붙이는 대상에 대해 알 필요가 있어."

예나는 쇼핑몰처럼 사람 많은 곳에서 붙이기 쉬워 보이는 사람들을 찾는다고 했다. 쫓아다니면서 정보를 파악한 다음, 기억이 담긴 스티커를 붙여 머물 곳을 확보하는 거였다.

"원래 없던 기억이니까 오래 지속되기는 힘들어. 일주일 정도면 오래간 거야. 그럼 다른 사람에게 옮겨 붙어야 해."

전학을 위해서 필요한 서류도 그렇게 만들었다고 했다. 예나는 다른 지역의 중학교 교사에게 스티커를 붙였고, 그 사람은 예나가 자기 반 학생이라 여기며 전학 가는 학교에 제출할 서류를 만들어 주었다.

"되게 유용한 기술인 거 같은데. 무엇이든 될 수 있는 거잖아."

머릿속에 상상이 펼쳐졌다. 부와 명예를 손쉽게 얻을 수 있겠는데? 아니면 얄미웠던 사람들에게 복수할 수도 있고. 그 사람에게 엉뚱한 기억을 붙여서 실수하게 만드는 거다!

하지만 예나는 처연한 표정으로 고개를 저었다.

"잘못된 적도 많아. 내가 붙인 기억이 너무 자극을 주게 되면 위험할 수 있거든. 그럴 땐 도망쳐야 해."

예나는 양팔로 몸을 감싸고 부르르 떨었다. 들떴던 마음이 조용해졌다. 남들과 다른 능력을 가져 봤자 좋은 거 하나 없다는 걸 누구보다 잘 알면서, 내 일 아니라고 방심했다. 예나가 낮게 말했다.

"되게 기생충 같지? 남의 집에서, 남을 속여야만 살 수 있는 거."

"아니! 안 그런데!"

아니라는 말부터 했다. 곧이어 하고 싶은 말이 뒤죽박죽 쏟아져 나왔다.

"넌 너대로 존재하려는 거잖아, 네 방식대로. 그건 이상한 게 아니야. 아니, 좀 이상하면 어때? 나도 이상해, 우리 집도 이상하고. 남들 눈엔 보이지도 않는 물질을 치워서 그걸로 월급 받고 사니까. 봉이 김선달도 아니고, 내가 생각해도 어이없어."

"나야말로 그래, 없는 기억 만들어 팔아먹고 사는 사기꾼이나 다름없어."

예나가 힘없이 말했다. 나는 세차게 고개를 저었다.

"사기꾼은 아니지, 우리한텐 진짠데. 못 보는 쪽이 이상한 거야!"

이상하고, 안 이상하고. 그 기준은 뭘까. 우리만 안 이상하고 나머지가 다 이상한 것일 수도 있다. 지금만큼은 그렇게 우기고 싶었다. 예나는 나를 멀거니 바라보다가 쿡 웃었다. 나도 따라 웃었다. 감추지 않고, 얼버무리지 않고 자기 이야기를 하는 기분은 이렇게나 시원했다.

"원래는 어디서 살았던 건데?"

내 질문에 예나의 표정이 도로 흐려졌다. 아, 곤란한 얘긴가. 대답 안 해도 된다고 손사래를 치는데, 예나가 조심스레 입을 뗐다.

"너는, 나랑 친해지고 싶어?"

나는 고개를 끄덕였다. 입 밖으로 소리 내어 대답하기엔 좀 쑥스러웠다.

"나랑 친해져 봤자 좋을 거 없어. 난 가짜야."

가짜 기억, 가짜 신분. 그러나 내 앞에 있는 예나는 이 자체로 진짜였다.

"그건 네가 기억을 만들어 붙였을 때 얘기잖아. 이제부터 진짜로 추억을 만들면 되지!"

예나는 그런 생각은 안 해 봤는지 정말로 놀란 얼굴을 했다. 그 눈동자가 유독 더 반짝거린 건, 물기가 어렸기 때문이었을 것이다.

예나랑 친해지는 게 쉽지는 않았다. 가까워졌나 싶다가도 자꾸 거리가 생겼다. 예나는 나를 피하려 했다.

"나랑 있으면 너도 힘들어질 거야. 다 그랬어."

"어차피 나는 너랑 있으나 안 있으나 힘들어. 젤리 먹을래?"

예나는 시무룩한 얼굴로 젤리를 받아 입에 넣었다.

예나가 있어 좋았다. 제하 말고 다른 애한테 어스름 이야기를 한 것도 처음, 내 상황을 이해하는 애를 만난 것도 처음이었다. 학교에서 누군가와 오래 이야기하는 것 역시 처음이었고.

"김소요 저렇게 웃는 거 처음 봐."

쉬는 시간에 예나랑 신나게 떠드는데, 앞자리 애가 툭 던지듯 말했다. 엥, 그랬나? 그 옆자리 애도 거들었다.

"맞아. 나 소요랑 같은 초등학교 나왔는데 그때도 이렇게 웃은 적 없었어."

아이들의 시선이 내게로 모였다. 아, 이건 좀. 얼굴이 실시간으로 빨개지는 게 느껴졌다. 나는 고개를 숙여 머리카락으로 얼굴을 가렸다.

"오, 김소요 쑥스러워한다."

아니…… 중계하지 말라고……! 하지만 기분 나쁘지 않았다. 이상하지 않은 일로 주목받은 것도 이번이 처음인 거 같았다.

그리고 예나의 능력은 역사한테도 적절하게 발휘되었다.

"김소요! 너 진짜 반항하니? 검은색으로 쓰랬지! 교무실로 따라와!"

역사가 교실 문을 나갈 때였다. 맨 앞자리에 앉아 있던 예나가 살며시 손을 뻗어 역사의 옷자락을 만졌다. 역사는 눈앞에 파리라도 지나간 듯 몸을 살짝 젖혔다가 어리둥절한 얼굴로 교실을 둘러보았다. 멍한 눈길이 나를 스치고 지나갔다. 역사는 머리를 쓸어 넘기며 문을 나섰다.

예나가 뒤따라가는 나를 붙잡았다.

"안 가도 돼."

"뭐?"

예나가 빙긋 웃었다.

"붙였거든."

역사의 기억을 바꿨다는 말이었다. 진짜 쓸모 있는 능력이라니깐! 뿌듯해하는 예나의 얼굴이 보기 좋았다. 그런데 예나는 금방 울상이 되었다.

"이런 식으로 가짜로 돕는 게 너한테 좋은 일이 아닌데······. 선생님이 금방 기억을 되찾아 널 혼낼지도 몰라."

"지금 당장 안 혼나면 됐어. 우리 매점 갈래? 초코우유 사 줄게!"

"······그래."

우리는 하교 후에도 여기저기 쏘다니며 놀았다. 떡볶이와 아이스크림도 사 먹고, 코인 노래방에서 노래를 부르고 인형 뽑기도 했다. 네 컷 사진도 찍었다. 제하가 권했을 땐 귀찮다며 안 갔던 곳들이었다. 실은 가고 싶었는데 괜히 다른 애들 마주칠까 봐 거절했던 거였다. 그러나 예나랑은 어디든 갈 수 있었다.

주말에는 더 멀리 돌아다녔다. 도서관 뒤에 있는 나지막한 산에도 올랐다. 예나는 나무가 많은 곳을 편하게 여겼고 나도 그랬다. 자전거를 빌려서 불광천을 따라 달리기도 했다. 딱 한강까지 찍고 도로 돌아와 편의점에서 라면과 삼각김밥을 먹었다.

예나는 핸드폰이 없어서 미리 약속을 잡아야 했는데, 그런 것도 특별했다. 예나랑 있으면 얼굴 간지러운 것도 덜한 것 같았다.

"오늘도 그 친구 만나? 용돈 더 줄까?"

엄마 아빠는 내가 친구랑 놀러 다니는 걸 보며 기뻐했다. 어스름 치우러 갈 때 따라가겠다고 고집부리지 않으니 더 좋아하는 것 같기도 했다. 아빠는 예나를 집에 데리고 오라고도 했다. 알겠다곤 했지만 그럴 계획은 없었다. 어스름이 하나도 안 붙어 있다는 걸 알면 아무래도 태클이 들어올 것 같아서였다.

나는 어스름 하나 없는 예나의 얼굴에 익숙해졌다. 어스름이 유독 잘 보여 머리 아픈 날에도 예나의 맑은 얼굴을 보면 숨통이 트이듯 기분이 나아졌다.

다른 애들은 예나가 얼마나 특별한지 모르겠지. 나만 안다, 어스름을 보는 나만. 예나를 발견해 낸 건 족쇄 같았던 내 능력 덕분이었다. 그렇게 생각하면 나 자신이 조금은 더 좋아졌다.

"어디 가는데. 또 걔 만나러 가?"

제하가 삐딱하게 물었다. 일요일 낮, 작업복으로 입는 학교 체육복을 입고 야구 모자도 쓴 걸 보니 우리 집 알바 하러 온 모양이었다. 그러고 보니 요 몇 주는 예나랑 노느라 제하하고는 얘기도 많이 못 했다.

"어, 예나랑 약속이 있어."

제하 얼굴에 불만이 어렸다. 혼자 가서 일하려니까 심심하고 힘들겠지. 미안해서 괜히 변명을 해 봤다.

"야, 너는 알바비라도 받지. 나는 가 봤자 없어. 가서 내 몫까지 하고 두 배로 달라고 그래."

농담 섞어 말한 건데도 제하는 표정이 안 좋았다.

"……걔랑 꼭 친구해야 돼?"

"무슨 소리야?"

"너, 걔한테 왜 어스름이 안 붙는지도 모르잖아. 걔도 모른다고 했다며."

예나는 자기에게 어스름이 없다는 걸 몰랐다고 했다. 사실 나는 이젠 궁금하지도 않았다. 이렇게나 가까워졌으니까, 친구가 됐으니까.

"아무래도 이상해. 정상이 아니야."

제하의 말이 정말 어이없었다.

"그렇게 치면 너랑 나는 정상인 것 같냐? 설마, 나한테 친구 생긴 게 불만이야? 너는 그렇게 친구 많으면서? 나는 이제 하난데!"

예나가 있어서 얼마나 좋은데. 요즘처럼 즐거운 적이 없는데. 내 마음을 몰라주는 제하가 미웠다.

"네가 못 읽으니까 그러는 거지? 예나한테 얼룩이 없으니까 파악하기 힘들어서 심술부리는 거잖아."

홧김에 말해 버리고 곧바로 후회했다. 얼룩을 읽는다는 게 제하에게 어떤 의미인지 알면서 비꼰 것이 부끄러웠다. 아무 대꾸도 하지 않는 제하를 뒤로하고 나는 도망치듯 집을 나왔다.

우울한 기분도 어스름처럼 치울 수 있다면 좋을 텐데. 아니면 예나에게 기억을 붙여 달라고 할까. 하지만 기억을 붙인다 해도 내가 제하에게 한 말들이 사라지는 건 아니다. 예나가 왜 스티커를 붙이며 사는 걸 힘들어하는지 이해가 됐다. 거짓으로 쌓은 것은 결국엔 무너지게 되어 있다.

"어디 아파?"

예나가 날 살폈다.

"혹시 나 때문에……."

"아니야, 아니거든!"

나는 정신을 바짝 차렸다. 예나랑 노는 이 귀한 시간을 망치긴 싫었다. 예나와 정처 없이 걷다 보니 진짜로 기분이 나아졌다. 도서관 뒷산 공원에 올라갔다가 산책하는 강아지들과 마주쳐 강아지 구경도 실컷 했다. 내 생각에 강아지들은 어스름을 보는 것 같다. 딱딱하게 덩어리진 어스름이 있는 쪽으로는 안 가려고 하고, 어스름 덩어리가 붙은 사람을 향해 유독 많이 짖는다.

공원을 내려온 우리는 무인 편의점에서 아이스크림을 사서 놀이터에 앉아 먹었다.

"진짜 덥다. 6월인데 벌써 한여름 같아. 예나 너는 겨울이 좋아, 여름이 좋아?"

"나는 겨울. 여름에 붙인 스티커는 잘 떨어지거든. 아무래도 땀도 나고, 습하기도 하니까."

꽤 현실적인 이유였다. 하긴 내 이유도 현실적이다.

"난 여름이 좋아. 겨울엔 해가 짧아서 집에 일찍 들어가야 하거든. 요즘은 꽤 길어졌어. 겨울엔 5시만 돼도 어두워지기 시작하는데 아직도 한낮 같잖아."

"그러게……. 곧 '하지'네. 잊고 있었어."

예나가 새삼스레 하늘을 올려다봤다. 낮이 제일 긴 날, 6월 21일. 어릴 때는 매일이 하지처럼 낮이 길기를 빌었다. 내가 잠든 다음에나 밤이 오기를.

"옛날에 내 소원이 밤에 별 관찰하는 거였거든. 다른 애들은 무슨 천문대 수업도 들었다 하고 캠프도 갔다 왔다는데, 우리 집은 해가 지면 밖에 안 나가니까 그게 그렇게 서운하고 싫었어. 그래서 옆집 언니가 그 집 옥상에 천체 망원경을 설치해 줬어. 4학년 때."

제하랑 다하 언니랑 셋이서 별도 보고 야식도 먹었다. 그거까지는 좋았는데, 옥상에서 내려올 때가 문제였다. 어두워진 세상이 어스름으로 꽉 찬 거 같아서, 나는 한 발짝도 못 디디고 눈물을 터뜨렸다. 결국 다하 언니가 눈 꼭 감은 날 업고서 우리 집에 데려다주었다. 지금도 못 잊을 흑역사다.

그때 제하가 옆에서 내 손을 잡아 줬었는데……. 겨우 잊었던 아까의 말다툼이 떠올라 버렸다. 그런 말은 정말 하지 말았어야 했는데. 얼룩 얘기는 정말로.

"소요야, 왜 그래?"

"아냐, 저기, 매운 거 먹고 싶다. 우리 떡볶이 먹을래?"

예나는 선뜻 좋다고 했다. 먹고서 제하 몫을 포장해 갈까. 떡볶이를 주면서 미안하다고 하는 거다. 그렇게 결정하자 마음이 조금 편해졌다.

자리를 털고 일어나는데 엄마한테 전화가 왔다. 저녁 먹고 들어간다고 전화할 참이었으니 잘됐다고 생각하며 전화를 받았다. 그런데 내가 입을 열기도 전에 엄마가 우르르 말을 뱉었다.

"너 어디야? 집으로 와. 빨리."

"어? 아니, 나 지금……."

"빨리 오라고!"

엄마는 내 말은 듣지도 않고 전화를 끊었다. 이게 무슨 상황이야? 설명도 안 해 주고 다짜고짜? 다시 전화해 봤지만 엄마는 받지 않았다. 일부러 안 받는 게 분명했다. 짜증이 확 치밀어 올랐다. 오라고 하면 가야 돼? 안 가고 싶었다. 안 가면, 뭐 와서 끌고 갈 거야?

정말 안 갈까 싶었는데, 문자가 왔다. 아빠였다.

— ㅅ·ㅇ야 발ㄹㄹㄱ와

오타·투성이 문자에 멈칫했다. 진짜 무슨 일이 있는 건가? 옆에서 예나가 먼저 말해 줬다.

"빨리 가 봐. 급하신 거 같은데."

"그치만 우리 같이 떡볶이 먹기로 했잖아……."

예나에게 너무 미안하고 아쉬운 나머지, 나는 약속을 해 버렸다.

"별일 아닐 거야. 여기서 조금만 기다리고 있을래? 빨리 갔다 다시 올게. 떡볶이는 꼭 같이 먹자."

"응, 기다리다가 너 안 오면 집에 갈 테니까 편하게 해."

예나가 말했다. 핸드폰이 없는 예나는 그렇게 기다리는 것에 익숙했다.

"아니야, 꼭 올 거야. 조금만 기다려!"

이대로 헤어지지 않을 거다. 해가 지려면 아직 한참 남았으니까. 예나에게 꼭꼭 다짐을 하고서 나는 집을 향해 뛰었다.

뭔데 그러느냐고, 전화 좀 막 끊지 말라고 따질 마음으로 현관을 열어젖혔다. 그런데 집 안 분위기가 심상치 않았다. 아빠는 허둥지둥 창문을 걸어 잠그는 중이었고, 엄마는 캐리어에 짐을 싸고 있었다.

"소요 너도 빨리 짐 싸. 우리 여행 갈 거야. 2박 3일."

"무슨 갑자기 여행이야? 나 내일 학교는? 체험 학습 신청서도 안 썼는데?"

"엄마가 내일 선생님한테 연락할게."

얼떨떨했다. 당일치기도 아니고, 2박 3일 여행을 이렇게 갑자기 결정해?

"아니, 무슨 소린지 설명을 해 줘야지!"

아빠가 중재하듯 엄마와 나 사이에 끼어들었다.

"미안해, 근데 엄마 아빠도 어쩔 수 없었어. 갑자기 연락이 오는 바람에……."

"여보!"

엄마가 소리를 질렀다. 아빠는 화들짝 놀라 돌아섰다. 연락? 무슨 연락?

"소요야. 당장 가야 돼."

엄마는 낯선 얼굴을 하고 있었다. 조금의 웃음기도 없는, 짜증이나 화도 없는 긴장된 얼굴이었다.

"그, 그럼 나 잠깐 도서관 앞에 갔다 올게. 친구가 나 기다리는데, 같이 못 논다고 말은 해야……."

"그럴 시간 없어. 택시 불렀다고. 문자로 해."

"걔 핸드폰 없단 말이야!"

"여보, 택시 왔대요. 지갑 챙겼어요?"

엄마는 간단하게 내 말을 무시했다. 황당함이 화로 바뀌는 건 순식간이었다. 캐리어를 끌고 가는 엄마를 향해 화를 모아 던지려는데, 아빠가 내 손을 꽉 잡았다.

"괜찮아. 괜찮을 거야."

아니, 뭐가 괜찮은데. 친구가 기다린다니까……. 하지만 아빠의 손에서 떨림이 전해져 왔다. 아빠는 떨고 있었다.

결국 나는 집 앞에 도착한 택시에 타고 말았다. 엄마 아빠는 택시 안에서 한마디도 하지 않았다. 이상한 침묵 속에서 나는 후회만 거듭했다. 예나한테 기다리라고 하지 말걸. 제하랑 아까 그렇게 싸우지 말걸. 예나한테 가서 대신 말해 달라고 부탁할 수 있었을 텐데. 예나는 집에 갔을까? 얼마나 기다릴지 시간을 딱 정할걸…….

서울역에 도착해 기차를 타고서야 엄마는 우리의 목적지를 알려 주었다. 대전이었다. 기차가 출발하자 엄마 아빠는 긴장이 풀린 듯 농담을 주고받고 웃기도 했다. 둘의 기분이 좋아질수록, 내 기분은 바닥으로 가라앉았다.

이럴 거면 아까 집에 오라고 전화했을 때 여행 얘기를 해 주던가! 여행 간다고만 했어도 예나에게 기다리란 소리는 안 했을 거 아냐! 다 엄마 탓인 거 같았다. 그리고 그게 맞았다. 내가 어스름을 보는 이상한 애로 태어난 것도, 그래서 친구가 하나밖에 없었던 것도, 이제 겨우 하나 더 생겼는데 약속을 못 지키게 된 것도!

대전은 생각보다 가까웠다. 끓는 마음이 식을 틈도 없이 도착했다. 열차에서 내리자마자 따져 물었다.

"진짜 여기 왜 온 건데? 왜 갑자기 온 건데?"

"몰라도 돼."

엄마가 핸드폰에서 눈을 떼지도 않고 대답했다. 엄마는 숙소를 찾느라 바빴다. 언제나 나한테는 말해 주지 않는다. 시키는 대로 하라고 하기만 한다. 언제나 엄마 아빠 일은 중요하고, 엄마 아빠의 판단은 옳고, 내 일과 판단은 들을 가치조차 없다.

"김소요, 얼굴 긁지 마."

그런 거나 눈에 보여? 내 말은 듣지도 않으면서! 나는 입을 꽉 다물고 일부러 멀찍이 떨어져서 걸었다. 나도 나름 참는 거였다. 입을 열었다가는 중간도 없이 극단적인 말들이 튀어나올 거 같아서.

역을 막 빠져나가는데, 모르는 번호로 전화가 왔다. 02로 시작하는 일반 전화. 평소라면 무시했을 텐데 심상치 않은 느낌이 팍 왔다.

"여보세요?"

"아, 소요야, 나 예난데……."

"예나야! 너 아직 거기 있어? 진짜 미안해, 나 갑자기 여행 왔어. 아, 진짜 몰랐는데!"

"나도 오래 안 있었어. 너 신경 쓸 거 같아서, 공중전화 찾아서 전화하는 거야."

금방 갔을 리가 없다. 예나는 분명 거기 계속 있었을 거다. 두 시간이 넘도록. 끓어오르던 마음이 다른 방향으로 뻗어 나가기 시작했다. 나는 앞서가는 엄마 아빠가 점점 멀어질 때까지 그 자리에 멈춰 기다렸다. 그리고 말했다.

"지금 돌아갈게."

나는 이 여행에 동의한 적 없다. 이유도 제대로 말해 주지 않는 엄마 아빠에게 고분고분 끌려가고 싶지 않았다.

"어? 여행 갔다며."

나는 예나에게 내 계획을 설명했다. 예나는 걱정하다가, 내가 고집을 부리자 작게 웃음을 터뜨렸다.

"그래, 알았어. 그럼, 우리 집에서 잘 수 있지. 스티커로 해결할게."

또 약속했다가 기다리게 하면 안 되니까, 창문만 내려다보면 확인할 수 있도록 만날 장소를 아예 예나의 지금 집 앞으로 잡았다. 전화를 끊고, 나는 단단히 각오한 채로 발걸음을 서둘렀다.

다행히 숙소는 역 근처였다. 나는 엄마 아빠가 체크인을 하는 동안 찾아본 정보를 바탕으로, 방에 들어서자마자 말했다.

"이 앞에 만화 카페 갈래. 할 것도 없는데."

허락은 쉽게 받았다. 아빠는 나를 만화 카페가 있는 건물 앞까지 데려다주었다. 간식 사 먹으라며 용돈도 줬다. 아빠에게 조금 미안했지만 그 돈은 내 교통비가 될 터였다. 나는 잠시 시간을 끌다가 건물 밖으로 나와 기차역으로 달려갔다.

운이 좋았다. 20분 뒤에 서울로 가는 기차가 있었고 엄마한테 전화가 왔을 때는 이미 천안을 지난 후였다.

"소요, 거기서 저녁 때울 거야? 우리는 식당 갈 건데."

혼날 게 걱정 안 됐다면 거짓말이지만, 신나는 마음이 더 컸다.

"어, 따로 먹을게. 여기 먹을 거 많아. 나 크게 말 못 해……. 나중에 전화해요."

계획은 순조롭게 착착 진행됐다. 서울역에 도착해서 우리 동네 방향으로 가는 지하철을 타고 반쯤 왔을 때 엄마가 다시 전화를 했다.

"너 어디 앉았어? 우리 지금 만화 카페 왔는데 안 보여서. 뭐 먹었어?"

더 이상 숨길 순 없겠군. 나는 숨을 크게 들이마시고 말했다.

"나 서울이야."

"뭐? 뭐!"

경악하는 엄마의 외침이 통쾌했다. 내가 거기 얌전히 앉아서 시키는 대로 할 줄 알았다면 오산이야. 기차 정도는 혼자 탈 수 있다고.

그러나 엄마는 화를 내는 대신 아빠한테 소리쳤다.

"소요 서울이래! 서울 갔대! 어떻게 해? 어? 어떻게 해! 해 졌잖아! 김소요! 너 집에 가면 안 돼! 어쩌려고 그래 ! 우리는 서울 못 간단 말이야!"

엄마는 울먹이고 있었다. 기분이 이상해졌다.

"벌써 지하철 탔는데……. 친구네 가려고 했는데……. 예나네서 오늘 자도 된다고 해서……."

엄마는 울음을 멈추지 못했고, 아빠가 전화를 바꿔 받았다. 아빠는 한결 침착하게 예나네 집 위치를 물었다.

"아, 어딘지 알겠다. 언덕 너머 그 아파트구나. 그럼 그 친구 집에만 있는 거다. 밤에 밖에 나오면 안 되는 거 알지? 가서 꼭 전화하고. 그리고…… 엄마 아빠 갈 때까지 우리 집에는 가지 마."

"……왜요?"

물으면서도, 대답을 듣지 못하리라는 걸 알았다. 차라리 화를 내면 받아치기라도 할 텐데. 아빠는 끝까지 내 걱정만 했다.

"소요야, 조심해. 밝은 길로만 다니고, 무서우면 제하한테 연락하고. 알았지?"

"알았어요. 죄송해요."

심란한 기분으로 전화를 끊었다. 나는 즐거운 생각을 하려고 애썼다. 뭐 먹을 거라도 사 갈까? 이따 진짜 재밌게 놀아야지……. 그래도 불안함은 쉬이 가라앉지 않았다.

"진짜 왔네?"

아파트 1층 현관에서 예나가 환하게 웃으며 나를 맞았다. 예나의 팔짱을 끼자 마음이 조금 나아졌다.

집으로 들어가니 다하 언니 또래의 여자가 어색한 미소를 띠고 우리를 맞았다.

"어서 오렴. 숙제 도와주러 와 주다니, 참 고맙네. 자고 갈 거지?"

드라마를 보던 예나의 '이모'는 텔레비전을 끄고 먼저 자겠다며 방으로 들어갔다.

"여기선 조카야? 매번 시나리오 창작하는 것도 일이겠다."

"어. 이러다 진짜 드라마라도 쓰겠어."

우리는 킥킥거리며 예나의 방으로 들어왔다. 어린아이가 쓸 법한 방이었다. 작은 침대와 아기자기하게 꾸며진 장식장도 있고 별 모양 조명도 귀여웠다. 빈방 특유의 어스름만 아니라면 아늑하기 그지없는 장소였을 것이다.

"원래 여기 살던 앤가 봐."

벽에는 수영복을 입고 메달을 목에 건 한 여자아이의 사진이 걸려 있었다.

"수영하면 어떤 느낌일까?"

예나가 혼잣말하듯 물었다.

"안 해 봤어?"

"응. 본 적은 많아. 언니들이 물을 좋아해서."

예나의 얼굴에 미소가 걸렸다. 언니가 있었구나. 그것도 여럿. 예나가 붙인 게 아닌 진짜 기억, 진짜 가족일 터였다. 그런 가족을 두고 예나는 왜 이렇게 떠돌게 된 것일까. 더 친해지면 물어볼 수 있을까.

우리는 그 방에 있는 어린이 만화책을 펴 놓고 캐릭터를 따라 그리며 놀았다. 예나는 그림을 잘 그렸다. 예나가 그림을 그리면 나는 말풍선에 웃긴 대사를 써넣었다.

"야, 이건 진짜 말도 안 되잖아!"

예나가 깔깔대며 웃는 게 좋았다. 역시 오길 잘했다……. 그때 갑자기 방 밖에서 와장창 유리 깨지는 소리가 났다. 우리는 놀라 거실로 나왔다. 예나의 '이모'가 깨진 유리컵 조각 앞에 서 있었고, 오렌지주스가 바닥에 흥건했다. 우리에게 주스를 가져다주려던 모양이었다.

"주하야……?"

여자의 목소리 끝에 혼란이 섞였다.

"으아악!"

여자는 귀를 막고 비명을 질렀다. 파락, 몸에서 비늘이 떨어지듯 뭔가 떨어졌다. 예나가 붙인 스티커였다. 예나가 급히 몸을 일으켰다.

"나가야 돼."

우리는 웅크리고 앉은 여자를 지나쳐 밖으로 뛰어나왔다.

"내 실수야. 내가 붙인 게 저 사람을 자극했나 봐. 그럴 때가 있어. 내가 실수해서……."

엘리베이터 안에서 예나는 창백해진 얼굴로 말했다. 나는 예나의 손을 잡았다.

"설명 안 해도 돼."

밤은 어둡고 깊었다. 어스름으로 공기까지 꽉 찬 것 같았다. 한 걸음 내딛기도 겁났다. 어디로 가지? 언덕만 넘으면 우리 집이지만 거기로 갈 수는 없다. 절대 집에 가지 말라던 아빠의 말, 엄마의 울음 때문이었다.

"내가 다른 곳을 찾아볼게. 스티커를 붙일 만한 사람이 있을 거야."

예나는 이 상황에 대한 책임을 지려고 했다. 그 순간 나는 마음을 정했다.

"아니야. 갈 데 있어."

"뭐냐?"

제하가 삐딱한 얼굴로 나와 예나를 번갈아 보았다. 아직 미안하단 말도 못한 처지에 좀 그렇지만 갈 데가 여기밖에 없었다.

"좀 재워 줘. 우리 엄마 아빠한테는 말하지 말고."

정제하는 천사였다. 나를 잠깐 노려보더니 예나를 향해서는 씩 웃었다. 예나는 당황했는지 두 눈을 깜박였다.

"잘됐다. 혼자 일하기 심심했는데. 누나가 이거 밤새 지켜보랬거든. 너희도 같이 밤새우면 되겠다."

제하가 장난스럽게 말했다. 잎과 뿌리, 열매를 넣고 우려낸 물인데, 식는 동안 층이 생기지 않도록 휘저어 주어야 한다고 했다. 다하 언니가 할머니와 함께 재료 공급지인 보성에 가면서 맡긴 일이었다. 작업실 가운데 놓인 거대한 스테인리스 통에는 푸른빛 뿌연 액체가 가득 담겨 있었다.

"30분에 한 번씩 저어 주라는데, 어휴, 팔 빠지겠어."

"그래? 넌 들어가서 자라. 내가 저을게."

진심이었는데 제하는 고개를 저었다.

"됐어, 농담이야. 들어가. 작은방 옷장에 이불 있는 거 알지? 아, 배고프면 뭐 꺼내 먹어. 라면도 있고."

정제하는 정말 천사인가, 배고픈 참이었는데. 예나와 주방에서 라면을 끓여 먹고 다시 작업장으로 왔다. 제하는 등받이 없는 의자에 올라서서 핸드폰을 보며 긴 막대로 비누 재료를 젓고 있었다. 나는 옆에 있는 소파에 앉았다. 예나도 머뭇머뭇 내 옆에 앉았다.

"정제하, 너 뭐 아는 거 없어? 우리 엄마 아빠 왜 그러는지?"

'우린 서울 못 간단 말이야.' 엄마가 울부짖듯 던진 말이 머릿속에 맴돌았다.

"난 소요 너한테 물어보려 했는데. 그게, 아까 어스름 치우러 나갔을 때 아저씨가 무슨 전화를 받으시더라고. 그러고는 갑자기 하던 일을 정리하고 집에 가자고 그러셨어. 어스름 부순 걸 다 가져오지도 못했어. 반은 길에 두고 왔다니깐. 무슨 큰일 난 줄 알았어. 너도 무슨 일인지 몰라?"

"몰라……."

얘기를 들을수록 마음이 무거워졌다. 정말 무슨 심각한 일이 있는 걸까. 다시 차오르는 불안함을 떨쳐 버리려 자리에서 일어났다.

"이리 줘 봐, 내가 할게."

"됐거든. 너 얼굴 뒤집어진다."

"냄새 좀 맡는다고 그러겠어?"

나는 고집을 부렸다. 제하는 못 이기는 척 막대를 넘기고 탁자에 걸터앉아 음악을 틀었다. 의자에 올라서서 시끄러운 음악에 맞춰 막대를 밀고, 당겼다. 일에 신경을 집중하고 있으니 차라리 나았다. 그래, 이렇게 된 거 뭐 어쩌겠어…….

그런데 얼마 지나지 않아 얼굴이 간지럽기 시작했다. 아, 미치겠네. 진짜 향만으로도 영향이 있는 건가. 절대 긁을 수 없다. 여기서 긁었다간 정제한테 잔소리를 듣게 될 거다. 오기가 생겼다. 안 긁어, 안 긁고 버틸 거야! 참자, 참자……. 참아야 하는 내 처지가 싫었다. 왜 나는 이러는데!

속으로 짜증을 폭발시킨 그 순간이었다. 눈앞이 핑 돌았다. 나는 의자 위에서 휘청거렸다.

"소요야!"

"으악!"

나는 균형을 잃고 의자에서 고꾸라졌다. 뭐라도 잡으려 팔을 뻗었는데, 그게 하필이면 달인 물을 담은 통이었다. 통이 흔들리며 물이 크게 출렁였고, 나는 바닥에 널브러진 채로 그 물을 얼굴에 뒤집어쓰고 말았다.

"아, 이게 무슨……."

바닥에 부딪친 등과 팔이 아팠지만, 그보다는 쪽팔려서 죽을 거 같았다. '김소요, 너 진짜 이런 식이지!' 엄마의 잔소리가 이명처럼 귓속을 울렸다.

"미안해, 갑자기 어지러워서……. 내가 정리할게. 아 잠깐, 얼굴 좀 씻고."

달인 물은 천만다행으로 뜨겁지 않았지만 눈에 스며들어 따끔거렸다. 제하와 예나가 나를 싱크대로 데려다주었고, 나는 얼굴을 박박 씻어 냈다.

"많이 쏟아졌어? 어떻게 하냐, 진짜······."

수건으로 얼굴을 닦고 눈을 떴다. 제하와 예나는 심각하게 굳은 채로 나를 빤히 바라보고 있었다.

"바닥도 내가 치울게, 진짜 미안. ······왜 그래?"

"소요야, 너 얼굴······."

예나가 뭐라 말하려 하자 제하가 휙 예나를 쳐다보았다. 예나는 입을 다물었다.

"뭐 났어? 빨개졌어?"

나는 서둘러 거울을 보았다. 쪽팔림 때문에 울긋불긋하게 달아오르긴 했지만 딱히 두드러기는 안 생겼다. 씻고 났더니 간지럼도 덜했다.

"아무것도 아니야."

예나는 어설프게 웃어 보였다. 제하가 막 인상을 쓰며 성화를 부렸다.

"야, 너 들어가서 씻고 옷 갈아입어. 내 옷 아무거나 꺼내 입어. 그거부터 해!"

진짜 내가 정리하려고 했는데, 씻고 나와 보니 그사이 제하와 예나가 엉망이 된 작업실을 싹 정리했다. 정말 미안하고 고마웠다. 제하는 굳은 표정 그대로였다. 하긴 다하 언니에게 얼마나 혼나겠는가.

"내가 다하 언니한테 말할게."

"어? 뭐?"

제하는 불에 댄 듯 놀랐다.

"내가 쏟았다고 말하겠다고."

"됐으니까 빨리 들어가서 잠이나 자."

나 때문에 밤새울 이유가 사라졌다. 제하는 자기 방인 다락으로, 예나와 나는 제하네 할머니가 서울에 머물 때 쓰시는 작은방으로 향했다. 누우니까 다시 어지럽기 시작했다. 예나가 걱정스레 날 살피는 걸 알았지만 눈을 감고 빨리 자는 척했다. 여기서 아프기까지 하면 진짜 민폐인 거다. 안 아플 거다, 절대.

예나가 잠들고 나서도 나는 한참 동안 잠을 이루지 못했다. 깜박깜박 졸다 깨기를 반복하다가 꿈을 꾸었다. 꿈에서 나는 검은 안갯속을 헤매고 있었는데, 손발조차 잘 보이지 않는 짙은 안갯속에서 뭔가가 숨은 채 나를 지켜보고 있었다. 나는 도망치려 했지만 그 존재는 점점 가까워졌다. 가까워지고 더 가까워지더니…….

"헉!"

몸을 일으켰을 땐 한밤중이었다. 심장이 빨리 뛰고, 식은땀이 나서 앞머리가 이마에 달라붙어 있었다. 꿈이 현실로 옮겨 온 듯, 방 안의 어둠에 소름이 끼쳤다. 턱까지 차오른 숨을 급하게 몰아쉬며 나는 스스로를 다독였다. 괜찮아, 이건 어스름이 아니야. 그저 어둠일 뿐이야…….

초조하고 불안했다. 가라앉았던 질문들이 다시금 수면 위로 떠올랐다. 왜 여행을 가야 했지? 왜 집에 가면 안 되지? 답을 찾고 싶은 마음, 모르면 큰일이 날 것 같은 기분이 나를 몰아붙였다.

나는 곤히 잠든 예나를 두고 살며시 방문을 열었다. 캄캄한 작업실을 가로질러 밖으로 나와, 우리 집 쪽 담 앞에 쌓아 둔 나무 상자 위에 올라섰다. 넘어갈 생각은 아니었다. 그냥 우리 집이 괜찮은지 두 눈으로 확인하고 싶었다. 그러나 담 너머는 괜찮지 않았다. 밤새 켜 놓는 태양광 조명 다섯 개가 모두 꺼져 있었다. 짙은 어둠 속에서 뭔가 움직이는 게 보였다.

바람이 불자 나무 그림자와 달빛이 어지러이 흔들리며 두 사람의 모습이 확실하게 드러났다. 도둑인가? 112에 신고를 해야 하나? 제하를 데리고 나올까? 갈피를 잡을 수가 없는데, 그들은 집이 아니라 매립장으로 향했다. 저기는 어스름뿐인데……. 혼란스러워하는 사이 더한 일이 벌어졌다. 그 사람들이 자물쇠를 풀고 바깥문을 밀어 연 것이다. 매립장의 진짜 문이 달빛에 드러났다.

"뭐 하는 거야!"

나도 모르게 온 힘을 끌어모아 소리를 질렀다.

놀란 둘이 펄쩍 뛰며 몸을 돌렸다. 호리호리하고 키가 큰 쪽은 자기 발에 걸려 꽈당 넘어졌다. 쓰고 있던 모자가 벗겨지고 복슬복슬한 짧은 머리와 맨얼굴이 드러났다. 어렸다. 내 또래인 것 같았다.

"누구냐!"

옆에 서 있던 안경 쓴 애가 날카롭게 외쳤다. 나는 다급하게 담을 넘었다.

"너희야말로 뭐야? 여기 우리 집이야! 당장 나가! 경찰 부를 거야!"

"아, 청소부."

안경 쓴 애가 혼잣말을 했다. 목소리에 담긴 비웃음이 당황스러웠다. 뭐가 저렇게 당당해?

"저기, 미안한데, 조용히 좀 해 줄래? 중요한 일을 하는 중이라……."

주저앉았던 복슬머리가 일어나며 소심하게 말했다. 이건 또 무슨 신박한 개소리인가. 집주인에게 도둑질 협조를 구하는 거야? 안경 쓴 애는 심지어 내게 명령했다.

"닥치고 물러나라."

그 애의 손에 들린 열쇠 꾸러미가 눈에 들어왔다. 꾸러미 끝에 달린 푸른 옥 노리개. 우리 집 열쇠가 분명했다.

"그걸 왜 네가 가지고 있어!"

몸이 먼저 움직였다. 딜려드는 나를 안경이 잽싸게 피했다. 나는 그대로 고꾸라질 뻔했지만, 복슬머리가 나를 붙잡아 준 덕에 엎어지는 꼴은 면했다. 나는 그 손을 뿌리치고 매립장 문을 가로

막아 섰다. 안경이 냉정한 말투로 말했다.

"여기 산다는 걸 보니 그 청소부들의 자식이겠지. 이 열쇠는 네 부모에게서 받았다."

"거짓말하지 마, 이걸 왜 너희한테 줘! 여기는 절대 누구도……."

나는 말을 잃었다. 갑자기 여행을 떠나자고 한 엄마, 집으로 가지 말라던 아빠. 집을 비워야 했던 이유는 무엇일까. 설마…… 설마!

"이제 상황 파악이 됐나? 우리는 어스름을 가져갈 거다. 네 부모와 거래를 했다. 입 닥치고 물러나라."

"웃기지 마, 너희야말로 꺼져 버려!"

그럴 리가 없다. 매립장에 들어간 어스름은 다시 나와서는 안 된다. 그렇게 명확하고 중요한 수칙을 엄마 아빠가 어길 리 없다. 나는 열쇠를 빼앗으려 안경에게 달려들었다.

쯧, 안경은 혀를 차고 복슬머리는 눈썹을 늘어뜨리며 울상을 지었다. 안경이 손을 휘두르자, 소매 안에서 납작한 끈이 뻗어 나와 나를 빙 감싸고 조였다. 어깨부터 발목까지 감겨 묶인 채로, 나는 바닥에 쓰러졌다.

"이거 풀어!"

"시끄럽군."

끈이 내 얼굴을 빙빙 감싸 입을 막았다. 그들이 매립장 문의 자물쇠를 하나씩 풀어내는 걸 보며 나는 마구 발버둥 쳤다. 그러나 매립장 안이 드러난 순간, 몸부림을 멈출 수밖에 없었다.

저게…… 어스름이라고? 내가 아는 어스름은 딱딱하게 굳은 상처 딱지 같은 건데, 매립장의 어스름은 새까맣고 반들반들 빛났다. 매립장 안은 석회 동굴과 비슷했다. 종유석처럼 천장에서부터 길게 늘어진 어스름과 석순처럼 솟아오른 어스름…….

침입자들이 삽을 어스름에 찔러 넣더니 크게 한 삽 떴다. 놀랍게도 어스름은 슬라임처럼 죽 늘어났다. 딱딱하지 않은 거야? 저게 정말 어스름 맞아? 그들은 늘어난 어스름 덩어리를 커다란 가위로 잘라 자루에 담았다. 내 눈을 믿을 수 없었다. 어스름을 뗄 수 있는 건 청소부들뿐인데, 맨손으로 떼야만 하는데!

어떻게, 좀, 뭐라도 해 봐! 그러나 온몸을 묶은 끈은 질겼고, 나는 울분에 찬 채로 그들이 꽉 찬 자루를 둘러메고 나오는 걸 볼 수밖에 없었다.

"이리 간단히 끝날 것을."

안경이 혀를 찼다. 나는 무슨 일이라도 일어나기를 간절히 바랐다. 저것들을 멈춰 세울 어떤 일이라도! 그때, 내 바람에 응답하듯 일이 벌어졌다.

"별하! 저기!"

복슬머리기 놀리 매립장 안을 가리켰다. 벽과 천장에 붙은 어스름이 지진이라도 난 것처럼 떨리고 있었다. 고드름처럼 매달려 있던 어스름 덩어리가 뚝, 바닥에 떨어졌다. 그러더니 어스름 전체가 매립장 바깥을 향해 슬금슬금 움직이기 시작했다.

"왜 저러는 거지!"

안경은 자루를 들고 허둥댔다. 복슬머리가 내게 달려와 끈을 느슨하게 풀어 주며 외쳤다.

"이거, 왜 이래? 왜 움직여? 어떻게 좀 해 봐!"

나는 끈을 뿌리쳐 마저 풀어내고 비틀거리며 일어났다.

막아야 한다, 그 생각만 했다. 어스름이 매립장 밖으로 절대 나오지 못하게 해야 한다. 줄기차게 외워 온 수칙들이 귀를 울렸다. 나는 매립장 안으로 한 발을 디뎠다.

그게 실수였을까. 주변을 경계하듯 느리게 움직이던 어스름이 마치 나를 발견한 것처럼, 내게로 확 밀려왔다. 나는 그 힘에 밀려 나동그라졌다. 진하고 끈끈한 어스름이 나를 뒤덮었다. 숨이 막히고 물에 빠진 것처럼 귀가 멍멍했다. 멀리서 나를 부르는 목소리가 들리는 듯했다. 소요야, 김소요!

그다음은 기억이 희미하다. 온몸의 감각이 뒤섞였다. 불판에서 구워지는 것처럼 활활 타오르는 듯 뜨겁기도 하고 무거운 돌에 깔린 것처럼 숨이 막히기도 했다.

깜박, 눈을 감았다가 뜰 때마다 앞의 풍경과 들리는 소리가 바뀌었다. 매립장 문이 마구 흔들렸던 것, 자물쇠들이 방울 흔들듯 요동친 것, 누군가의 비명 소리…….

어느 순간 사방이 조용해졌다. 얼굴이 얼어붙은 듯 차갑고 아팠다. 목은 불타는 석탄을 삼킨 듯했고 목소리도 나오지 않았다. 눈물만 계속 나는데, 부드러운 손길이 내 얼굴에 살짝살짝 닿았다 떨어졌다.

겨우 한쪽 눈을 떴다. 한쪽은 부었는지 눈꺼풀이 달라붙어 떨어지지도 않았다. 예나의 얼굴이 보였다. 진지하고 슬픈 얼굴이. 예나가 내 얼굴에 손을 대고 있었다.

"괜찮아. 괜찮을 거야."

예나가 말했다. 그리고, 어두워졌다.

얼마나 시간이 지났을까. 눈을 뜨자 우리 집 거실 천장이 보였다. 아침이 되었는지 사방이 환했다.

"김소요! 정신 들어?"

제하는 내 옆에 무릎 꿇고 앉아 말 그대로 눈물을 뚝뚝 흘리며 울었다. 나는 거실 소파에 누운 채였다.

"아…….''

목소리가 안 나왔다. 제하는 재빨리 옆에 두었던 머그 컵을 내 입에 대어 주었다. 제하네 차였다. 그걸 마시고 나니 좀 더 정신이 맑아졌다. 어스름을 훔치러 온 애들이 있었지……. 걔네가 매립장 문을 열었고…….

"어스름! 어스름은 어떻게 됐어?"

"그게…….."

제하는 자다가 우리 집 쪽에서 나는 소리를 듣고 다락에서 바로 담을 넘었다고 했다. 예나도 그때 막 일어나 뛰어나오고 있었다고.

"어스름이 매립장 문 밖으로 나오는데, 그런 건 처음 봤어. 용암이 흐르는 것처럼 막 밀려 나왔다고."

제하의 눈에 공포가 어렸다. 그 어스름은 나를 덮쳤고, 예나가 나를 구하는 동안 그 도둑들이 어스름을 커다란 자루에 꾸역꾸역 담았다고 했다.

"그 사람들이랑 예나는 서로 아는 사이인 것 같았어. 뭐라고 대화를 했는데 잘 안 들렸고, 예나는 도망치려 했는데…… 걔네가 무슨 줄 같은 걸로 묶고는 어스름과 함께 데리고 갔어. 미안, 막지 못했어. 나한테도 줄을 휘둘러서……."

그제야 제하의 한쪽 뺨에 선명한 붉은 자국이 난 것이 보였다. 그러나 제하는 자기 얼굴이 아닌 내 얼굴을 걱정했다.

"너 얼굴, 괜찮은 거야?"

제하가 겁먹은 표정으로 내 얼굴을 살폈다. 얼굴이 왜? 아……. 아팠던 게 기억났다. 예나가 내 얼굴에 뭘 붙여 주었는데. 얼굴을 더듬더듬 만져 보았지만 아무것도 느껴지진 않았다.

"기억나? 우리 일곱 살 때, 내가 네 얼룩에 대해 얘기했었잖아."

제하는 누가 훔쳐 들을까 봐 걱정이라도 하는 것처럼 작게 속삭였다. 제하랑 막 친해지기 시작했을 때였다. 제하는 내 얼굴의 얼룩이 자꾸 '있다, 없다' 한다고 했다. 그러다 할머니한테 그런 소리하지 말라고 혼난 뒤엔 입을 다물었다. 나중에 살살 달래서 물어봤었는데, 더 이상 그러지 않는다는 말만 했다.

"그때랑 비슷해. 김소요, 너 얼굴에 없던 얼룩이 생겼어. 어제 달인 물을 뒤집어썼을 때부터 그런 낌새가 있었는데, 지금은 확실히 생겼어. 근데 그 의미를 읽을 수가 없어. 생전 처음 보는 얼룩이야."

나는 고집을 부려 자리에서 일어났다. 어지럽고 메스꺼웠지만 참고 거울부터 봤다. 당연하게도 내게는 얼룩이 보이지 않았다. 어디 하나 다를 것 없는 내 얼굴이었다. 자꾸 달라붙는 제하의 걱정스러운 시선을 뒤로하고, 나는 매립장을 확인했다. 문은 닫혀 있었지만 자물쇠는 열린 채였고, 열쇠 꾸러미는 바닥에 떨어져 있었다. 매립장을 열자 절로 탄식이 나왔다. 매립장은 텅 비어 있었다.

"이 나쁜 놈들! 으아악! 아악! 콜록! 콜록!"

분을 못 참고 소리를 질렀다가 안 그래도 아픈 목을 자극해서 기침이 터져 나왔다.

"이리 나와, 여기 찜찜하다고."

제하가 나를 억지로 끌고 나왔다. 매립장과 관련된 수칙들이 자동으로 떠올랐다.

일곱째, 매립장에 들어간 어스름은 다시 꺼내서는 안 된다.
여덟째, 만일 매립장의 어스름이 사라져 매립장이 비는 일이 발생한다면 당장 그 자리를 벗어나 선환청에 도움을 청해야 한다.

일단 여기서 멀어져야 했다. 나는 문을 닫고 자물쇠를 하나하나 잠갔다. 정체를 알 수 없는 두려움에 손이 떨려 자꾸 헛손질을 했다. 선환청은 뭐지? 일단 엄마 아빠한테 연락을 해서…….

잠깐……. 탁, 맥이 풀렸다. 엄마 아빠가 그 애들에게 열쇠를 주었다. 심지어 쉽게 가져가라고 집을 비우기까지 했다. 그 아이들은 거래라고 말했다. 엄마 아빠는 그 애들에게 어스름을 주고 뭔가를 받은 것일까? 도대체 뭘? 수칙을 어길 정도로 대단한 걸?

"여기. 아줌마랑 아저씨가 계속 전화하시더라. 내가 받아서 적당히 말씀드리긴 했는데……. 매립장 얘기는 아직 못했어. 네가 직접 말해야 할 것 같아서."

어디 뒀는지도 잊고 있었던 내 핸드폰을 제하가 건넸다. 부재

중 전화와 문자가 수십 통. 나는 엄마에게 전화를 걸었다.

"소요야, 잘 잤어? 왜 친구네 안 가고 제하네 간 거야? 집엔 안 들렸지? 그치?"

차라리 화를 내지. 떠보는 것 같은 엄마 말을 듣자 속이 타들어 가는 것 같았다.

"……그 사람들 누구야?"

"어? 뭐?"

"엄마 아빠가 열쇠 줬다면서! 걔네가 어스름을 가져갔다고!"

핸드폰 너머로는 대답이 없고, 나는 절망스러운 확신에 압도되었다. 몇십 분 같은 몇 초가 흐르고, 엄마가 말했다.

"소요 너 집에 갔어? 가지 말라고 했잖아! 그 일은 잊어. 네가 신경 쓸 일 아니야. 엄마 아빠가 알아서 할게."

눈물이 쏙 들어가도록 단호한 목소리였다.

"그게 뭐야, 왜 내가 상관이 없어? 나는 이 집 사람이 아니야? 어스름을 다 가져갔다고! 텅 비었어!"

"뭐? 다?"

엄마 목소리에 당황이 섞였다. 그 순간 파악이 되었다. 다 가져가기로 된 건 아니었구나.

"그것만이 아니야. 내 친구까지……."

"김소요! 수칙 알지! 당장 집에서 나와, 멀리 가!"

엄마가 내 말을 끊으며 부르짖었다. 그렇게나 수칙을 철저히 지키면서 왜 열쇠를 넘겼어? 왜 내겐 아무 말 안 했어? 하고 싶은 말을 다 하지 못하고 전화를 끊었다. 엄마한테 다시 전화가 걸려 오길래 아예 전원을 껐다. 그러자 이번엔 제하에게 전화가 왔다. 제하는 울리는 핸드폰을 들고 조심스레 말했다.
"두 분이 그렇게 한 데는 이유가 있을 거야."
"이유? 어떤 이유? 나는 알 필요 없는 그런 이유?"
신경 쓰지 말라고 잘라 내는 그 말이 아팠다. 그들이 누군지 엄마는 안다. 하지만 내게는 감췄다. 이 지경이 되었는데도 말하지 않으려 한다.
"일단 여기서 나가자, 어? 아줌마 아저씨가 계속 문자 보내셔. 집에서 나오래."
제하는 나를 끌고 집을 나섰다. 제하네 집도 매립장에서 너무 가까웠다. 제하는 넋 놓은 나를 끌고 언덕을 내려가 새로 생긴 패스트푸드점에 들어갔다.
스프라이트를 벌컥벌컥 들이켜니 정신이 좀 더 맑아졌다. 평일 오전, 왜 학교 안 가고 여기 있냐며 잔소리에 시동 걸려고 하는 듯한 동네 할머니들은 무시하고, 나는 생각을 정리하려 애썼다.
매립장이 털렸다는 걸 박 주무관이 알게 되면 어떻게 될까. 마침 잘됐다며 매립장을 폐쇄할 수도 있다. 어스름 수거 그만하시고 푹 쉬세요, 그러면서.

그 애들은 누굴까? 뭘까? 엄마 아빠는 무슨 거래를 한 걸까? 답이 나오지 않는 질문들이 날 숨 막히게 했다. 나는 숨을 크게 들이마셨다가 내쉬었다.

"어스름은 상관없어. 엄마 아빠가 정말 어스름을 빼돌리려 한 거라면……."

목이 메어서 말이 끊어졌다.

"……그러든 말든 내 알 바 아냐. 하지만 예나는, 예나는 내가 책임져야 해."

예나를 찾아내야 한다. 안 그래도 자기 때문에 내가 잘못될까 봐 전전긍긍하는 앤데, 이 모든 게 자기 탓이라고 생각하고 있을 게 뻔했다. 찾아서 얼굴을 마주 보고, 예나 네 탓이 아니라고 말해 줘야 했다.

그들이 남긴 건 끈뿐이었다. 내 발목에 감겨 있던, 끊어진 짙은 갈색끈. 이 단서 하나로 예나를 어떻게 찾을 수 있을까? 엄마 아빠에게 묻기는 싫었다. 대화는커녕 생각조차 안 하고 싶었다.

앞자리에서 감자튀김을 잘라 으깨던 제하가 불쑥 말했다.

"정보를 알려 줄 만한 사람이 있어. 모르는 게 없는 사람."

제하 말에 솔깃했다가, 퍼뜩 정신이 들었다.

"야, 너! 설마 아직도 그쪽 만나? 안 그러기로 다해 언니랑 약속했잖아!"

제하가 한숨을 쉬었다. 그렇단 소리였다.

제하의 꿈은 독립하는 것. 그러나 중학생이 독립 자금을 어떻게 모으겠나. 제하는 특별한 알바를 찾기 시작했고, 우리 집 일이나 하면 좋았을 것을 작년, 중2 때 큰일을 벌였다. '매찌'와 거래를 한 것이다.

매찌. 찌꺼기를 모으는 이들이었다. 흩어 놓으면 쓰레기인 단어와 물질이, 매찌들 손에 들어가면 새롭게 조합되어 고급 정보와 상품으로 바뀌었다. 제하는 처음엔 차 재료를 조금씩 가지고 가 매찌에게 팔았고, 나중엔 만들어 둔 차까지 빼돌리다가 언니에게 걸렸다. 걸린 데는 내 책임도 있긴 했다. 어스름 부스러기를 사 주는 사람들이 있다는 정보를 제하에게 듣고서, 내가 무심코 아빠한테 말하는 바람에 걸렸으니.

양쪽 집 어른들이 얼마나 난리가 났었는지 모른다. 우리는 매찌가 얼마나 위험한 존재인지에 대해 일주일 넘게 교육받았고, 제하는 여름 방학 내내 보성 차밭에서 일해야 했다. 그때 다시는 그런 인간들과 상종하지 않기로 맹세까지 했으면서!

"이번엔 재료에는 손도 안 댔어."

"그럼 뭘 했는데!"

"……얼룩을 읽었어."

제하는 어마어마한 이야기를 털어놓았다. 매찌가 연결해 준 사람들이 있고, 그들이 데리고 간 곳에서 그들이 가리키는 사람의 얼룩을 읽고 내용을 말해 주었다는 것이다.

"그걸로 돈을 받았어? 야, 너, 할머니가 아시면……. 다하 언니가 알면!"

아찔했다. 청소부처럼 제하네도 엄격한 규칙이 있다. 제하가 저지른 일은 그 규칙을 발로 차 깨부수는 것과 마찬가지인 일이었다.

"……규칙을 어기긴 했지. 하지만 배운 것도 많아."

"야, 남의 얼룩을 읽어서 정보를 캐내는 인간들한테서 뭘 배워?"

나는 미치겠는데, 제하는 도리어 차분해진 목소리로 대답했다.

"내가 가진 능력을 돈으로 환산할 수 있다는 걸 배웠어. 굳이 재료를 훔쳐다 팔지 않아도, 어디서 뭘 주워 오지 않아도, 내 자체로도 가치가 있다는 걸."

상당히 비뚤어진 말이지만 나는 제하의 말을 이해했다. 우리 같은 애들은, 보통과 다른 애들은 어떤 식으로든 내가 괜찮다는 걸 증명해야만 한다. 남들 말고, 스스로에게.

"……위험할 수도 있잖아."

"하나도 위험하지 않게 살려면 박제되는 수밖에 없을 거야. 보고도 모르는 척하는 선 질렸어. 선택해서 이렇게 된 것도 아니잖아. 그러니 나는 내가 선택할 수 있는 건 다 할 거야."

오래 간직해 왔던 것처럼, 속으로 여러 번 되풀이했던 것처럼 제하는 말했다. 그 말에 마음이 움직였다. 지금 내가 선택할 수 있는 건 하나다. 예나를 찾는 것. 매찌가 이에 대해 알려 줄 수 있다면 위험하더라도 만나고 싶었다.

"……알았어. 매찌를 만나 보자."

내 대답에 제하는 눈을 꼭 감았다가 떴다. 얼굴에 새로운 각오가 어렸다.

"만날 수 있는 장소와 시간을 알아내야 해. 매찌는 계속 옮겨 다니거든."

제하는 핸드폰에 신중하게 번호를 입력했다. 숫자에 별, 샵 모양까지 들어간 희한한 번호였다.

"예전에 얼룩을 읽고 얻은 번호야. 딱 다섯 번밖에 못 쓰는데, 이게 마지막이야."

제하는 긴장된 얼굴로 귀를 기울였다. 삐이— 복잡한 소리가 핸드폰에서 새어 나오자 제하가 또박또박 용건을 말했다.

"매찌를 만나고 싶습니다. 오늘 만날 수 있는 장소와 시간을 알려 주세요."

제하는 핸드폰을 귀에 바짝 댄 채로 메모를 했다.

○○아파트 102동 1203호. 저녁 8시.

지하철로 40분 거리에 있는 낯선 동네였지만 아파트를 찾기는 쉬웠다. 다만 단지 안으로 들어가는 건 불가능했다. 외부인이라서 못 들어가는 게 아니라, 거대한 가림 벽이 아파트를 둘러싸고 세워져 있었기 때문이었다. 아직 공사 중인 아파트 단지였다.

우리는 근처 패스트푸드점과 서점, 피시방을 오가며 시간을 때우다가 8시가 되자마자 가림 벽의 출입구로 갔다. 제하는 아까 알아낸 비밀번호를 키패드에 입력했다. 문은 쉽게 열렸다.

일하는 사람들이 모두 퇴근해서 공사장은 아주 조용했다. 건물은 다 지어졌지만 페인트칠은 되어 있지 않아 버려진 폐허에 들어온 것 같은 기분이었다. 다만 전기는 들어오는지 층마다 불이 켜져 있었다.

여기엔 어스름이 거의 없었다. 심드했다. 동시에 예나를 연상시켰다.

"이런 곳이어야 찌꺼기를 제대로 분류할 수 있대. 막 지어져서 아직 사람 사는 흔적이 없는 곳. 그래서 매찌들은 완공 직전의 건물들을 옮겨 다녀."

제하의 설명을 들으며 계단을 올라 12층에 다다랐다. 1203호 현관문은 활짝 열려 있고 문밖으로 불빛이 흘러나왔다. 우리는 긴장을 늦추지 않고 현관 안으로 발을 디뎠다.

거실이 될 넓은 공간에 비닐 장판이 펼쳐져 있고 갖가지 자잘한 물건들이 흩어져 있었다. 쓰레기통을 엎어 놓은 느낌이었다. 그리고 그 앞에 예닐곱 명 되는 이들이 쪼그리고 앉아 있었다. 그들은 물건들을 고르고 버리고 옮겼다. 몸집이 작아서 언뜻 보면 어린아이들이 모여 노는 것 같았지만 유독 길쭉한 손가락과 날카롭게 다듬은 손톱이 착각하지 말라고 경고하는 듯했다. 자칫하다간 저 손톱에 찢겨 저들이 취급하는 물건의 일부가 될지 모른다.

"저기, 물건을 가져왔는데요."

제하가 말을 꺼내자 그들 중 한 명이 일어나 걸어왔다. 나보다 머리 하나는 작은 매찌가 나를 올려다보았는데, 나도 모르게 한 걸음 뒤로 물러섰다. 한쪽 눈동자가, 둥글지가 않았다. 구겨진 종이 뭉치처럼 울퉁불퉁한 동공이 나를 탐색했다. 나는 떨리는 손으로 가방에서 어스름 부스러기가 든 상자를 꺼내 내밀었다.

"알고 싶은 게 있어서 왔어요."

상자를 받아 열어 본 매찌의 눈동자가 점처럼 수축했다가 돌아왔다. 좋다는 건가? 싫다는 건가? 그냥 차 재료를 줄 걸 그랬나? 그 매찌는 내게 고개를 살짝 끄덕였다. 받겠다는 뜻인 거 같았다.

"이런 게 있는데요."

나는 가지고 온 끈을 꺼냈다. 그런데 끈을 보자마자 매찌의 찌그러진 눈동자가 흰자위를 밀어내듯 커졌다. 그 눈이 나를 향하자 온몸에 소름이 쫙 끼쳤다. 매찌는 나를 노려보며 뭐라 웅얼거렸다. 유리를 끽끽 긋는 듯한 소리에 주변의 시공이 일그러지는 것 같았다.

어느 틈에, 다른 매찌들이 일어나 우리를 둘러싸고 있었다. 모두 똑같은 눈과 표정을 하고서.

"……우리, 뭘 잘못한 거야? 저 끈이 뭔데?"

제하라고 답을 알 리 없었다. 제하와 나는 서로 등을 맞대고 몸을 움츠렸다. 우리를 포위하듯 둘러싼 매찌들의 원이 점차 좁아졌다. 끈을 든 매찌가 끽끽대는 목소리로 말했다.

"왜? 나쁘다. 왜?"

"왜 이걸 가지고 왔냐고요? 이런 끈을 도구로 사용하는 사람에 대해서 알고 싶어요. 어스름을 묶기도 하고 인간을 제압하기도 하는 도구로 썼어요."

제하가 침착하게 대답했다.

"어디서, 찾았다? 얻었다?"

나는 바로 대답하려 했는데 제하가 막았다.

"그 얘기는 그만큼의 정보잖아요."

매찌는 무심코 흘린 말 한마디를 지렛대 삼아 건물도 무너뜨리는 이들이었다. 그러니 말을 아껴야 한다고 했지만, 지금 그들은 벌겋게 달군 쇠 같았다. 뭐가 닿든 다 녹여 버리는. 나는 흥정하고 싶지 않았다.

"우리 가족은 어스름을 치워요. 근데 누가 우리 집 어스름 매립장을 털어 갔어요. 이걸 남겼고요."

"땅거미꾼……."

매찌가 중얼거렸다. 파악하고 분석하는 눈길이 촘촘하게 내 얼굴을 훑었다.

"땅거미? 아."

진짜 어스름이 내리는 걸, 그러니까 해가 질 때 어두워지는 걸 땅거미가 진다고도 한다. 이들은 어스름을 '땅거미'라고도 부르는 모양이었다.

"조형사."

매찌가 으르렁거리듯 내뱉었다. 전혀 예상치 못한 정체였다. 특이한 재료로 특수한 것을 만들어 내는 사람들. 다하 언니가 비누 제작을 계획할 때 조형사한테 조언을 구하려 했다가 만나지도 못하고 거절당했단 얘기를 들은 적 있었다. 그 조형사가 어스름을 가지고 갔다니?

"어스름. 조형사. 어스름바치."

"어스름바치······."

어스름을 재료로 쓰는 조형사들을 일컫는 단어라고, 매찌가 설명했다. 문득 박 주무관이 재활용 얘기했던 게 생각났다. 하지만 어스름을 가지고 뭘 어떻게 한단 말인가. 도무지 상상이 되질 않았다. 그건 그렇다 쳐도, 예나는 왜 데려간 건데?

"어딜 가야 그 조형사들을, 어스름바치를 만날 수 있어요?"

매찌는 눈살을 찌푸렸다. 네가 몰라? 정말로? 그렇게 되묻는 것 같았다.

모였던 이들이 스르르 흩어지고, 매찌는 몸을 돌렸다. 나와 제하는 주춤주춤 그를 뒤따라 옆방으로 들어갔다.

옆방도 가구가 없는 건 마찬가지였지만 가방과 보따리가 풀지 않은 이삿짐처럼 가득 쌓여 있었다.

그리고 가장 안쪽에 있는 것은······.

처음에는 어스름 덩어리인 줄 알았다. 엉뚱한 곳에 뚝 떨어진, 있을 법하지 않은 장소의 어스름 덩어리. 가까이 다가가고서야 나는 그것이 작은 아이라는 걸 알아보았다.

"윽……."

구토감이 밀려와 숨을 참았다. 마치 고치처럼 아이의 온몸에 딱딱한 어스름이 덕지덕지 붙어 있었다. 특히 얼굴이 심했다. 아이는 코와 입이 어스름으로 덮인 채 거칠게 숨을 몰아쉬었다. 매찌는 아이 옆에 무릎 꿇고 앉아 얼굴에 신중하게 물을 뿌리고 다독였다. 물에서 익숙한 향기가 났다.

"우리 집 찻물이야."

제하가 소곤거렸다.

매찌는 작은 목소리로 아이에 대해 설명하기 시작했다. 태어났다, 어스름, 붙었다, 땅거미꾼, 모른다, 찾았다, 모른다, 없었다……. 단어로 끊어지는 말을 들으며 나는 상황을 파악했다.

이 아이는 태어나자마자 어스름이 계속 몸에 붙었다. 땅거미꾼, 그러니까 어스름 청소부들에게 보였지만 왜 어스름이 붙는지는 그들도 모른다고 했다. 어스름과 관계 있는 이들을 찾아다니다 어스름바치를 만났는데, 어스름바치가 아이에게 종잇조각 같은 것을 붙이자 어스름이 더는 붙지 않았다.

혹시, 스티커? 나는 놀란 표정을 감추려 애썼다. 매찌의 날카로운 시선이 나를 훑었다. 예나가 붙이는 스티커와 그 종잇조각이 비슷한 것일까? 어스름이 하나도 없는 예나와 어스름으로 뒤덮인 아이. 조형사와 예나 사이의 연결 고리가 점차 구체화되고 있었다.

매찌가 말을 이었다. 한동안은 괜찮았지만 얼마 지나지 않아 아이에게 또 어스름이 붙어 이렇게 되었다, 어스름바치들을 다시 불렀더니 그들이 어스름을 떼 갔다…….

"사람에게 붙은 어스름은 떼면 안 돼요!"

나도 모르게 끼어들었다. 내 말에 매찌는 원망스러운 눈길로 나를 보았다.

"……운다. 생긴다. 생긴다. 뗀다. 운다."

얼마나 아팠을까. 덜 아문 상처 딱지를 쥐어뜯는 것 같았을 텐데.

"진짜…… 아팠을 건데……."

나도 모르게 눈물이 고였다. 그 아픔을 조금이나마 짐작할 수 있는 것은 나뿐이었다.

"모른다? 땅거미꾼? 낫는다. 원한다."

매찌가 애타게 우리를 바라보았다.

"우리 집 차요. 바르는 거 말고 마시게도 해 봤어요? 비누는요?"

제하가 물었다. 매찌는 다 해 봤는데 별 차도가 없었다고 했다. 그래도 혹시나 하는 희망으로 계속 먹이고 바르고 있었다.

"조형사. 왔다. 봤다. 데려간다. 안 된다."

"조형사가 이 아이를 데리고 가려 했다고요? 도대체 왜요?"

"모른다."

매찌의 눈이 분노에 타오르는 것처럼 흔들리며 커졌다. 모르는 게 없다는 매찌가 모르는 것이 하필이면 어스름과 관련된 일이라니. 수수께끼는 어둡고 깊었다.

"제가 이 아이를 도울 방법을 찾아볼게요. 어스름은 저희 일이니까요."

내가 말하자 제하가 다급하게 속삭였다.

"매찌에게 함부로 약속 같은 거 하지 마! 철저하게 받아 낼 거라고!"

진짜로 매찌는 그럴 것이다. 먼지 한 톨, 말 한 마디에 천금 같은 가치를 부여하는 이들이니까. 그러나 나는 진심으로 이 아이를 돕고 싶었다. 거래를 위한 조건이 아니었다.

매찌는 물끄러미 나를 올려다보았다. 찌그러진 동공 안에 내 겁먹은 얼굴이 비쳤다. 못 믿겠지. 그들이 못 알아내는 걸 내가 어찌 알아내나 싶겠지. 그러나 나만이 할 수 있는 일이 있었다.

"제가 어스름을 살짝만 떼 볼게요. 숨 쉬는 게 한결 편해질 거예요."

매찌의 찌그러진 눈동자가 빙글빙글 돌았다.

"조형사. 뗀다. 아프다. 괴롭다."

나는 일부러 더 자신 있게 말했다.

"전 어스름 청소부…… 그러니까, 땅거미꾼이에요. 조형사보다 잘 뗄 자신 있어요."

매찌는 고민 끝에 허락하듯 아이를 가리켰다. 나는 무릎을 꿇고 앉아 아이의 코와 입에 붙은 어스름 덩어리에 손가락을 대었다. 얼얼하게 센 냉기가 손가락을 타고 올라왔다. 가려움을 참으며 아이의 연약한 피부에 달라붙은 굳은 어스름을 조금씩 긁어 떼어 냈다. 아프지 않게, 천천히……. 어찌나 집중했던지 진땀이 다 흘렀다.

마침내 알사탕만 한 어스름을 코와 인중에서 떼어 내는 데 성공했다. 아이는 움찔거렸지만 곧 편히 숨을 쉬기 시작했다.

"많이 안 아팠을 거예요. 저도 따끔거리는 정도였거든요."

내 말에 매찌의 찌그러진 동공이 동그랗게 돌아왔다. 표정도 누그러졌다. 후들거리는 다리로 일어서 뒤돌아보자 문간을 가득 채운 매찌들이 보였다. 그들의 분위기도 아까보다 훨씬 부드러웠다. 그리고 매찌는 내게 확실하게 보답을 해 주었다. 우리를 조형사에게 보내 주기로 한 것이다.

"보낸다. 조형사. 상자. 들어간다."

말 그대로 '보내는' 방법이었다. 매찌는 주형사들에게 재료를 보내 준 적이 있어 주소를 가지고 있었다. 우리를 재료로 위장해 들여보내겠다는 얘기였다.

"어디로요?"

의외의 장소였다. 경복궁 옆 공예박물관. 오래된 학교를 리모델링해 만든 박물관이었다. 누구나 방문할 수 있는 곳이지만 조형사들을 만나려면 운영 시간이 지난 후에 박물관 안으로 들어가야 한다고 했다. 매찌는 몇 가지를 당부했다. 운반될 동안 죽은 듯이 조용히 있을 것. 도착한 후에는 주변이 조용해진 것을 확실하게 확인한 다음에 나올 것.

"무사하다. 바란다. 돕는다."

매찌가 우리에게 말했다. 조형사의 끈을 꺼내 보였을 때와는 딴판으로 달라진 태도였다. 절망 틈으로 가늘게 피어난 희망. 내가 붙잡은 희망도 실처럼 가느다랬다.

제하와 나는 각자 플라스틱 상자에 들어가 쪼그려 앉았다. 뚜껑이 닫히자 금방 갑갑해졌다.

머지않아 매찌 말고 다른 사람들 소리가 났다.

"이게 답니까? 어, 이거 굉장히 무거운데요."

"부서진다. 조심한다. 조형사, 화낸다."

"예, 예. 한두 번 가 본 것도 아닌데요, 뭐."

상자가 흔들거리다가 어디에 놓였다. 부릉, 시동 걸리는 소리가 나고 차가 출발했다.

나는 무릎에 머리를 눌러 기대곤 흔들림에 몸을 맡겼다. 머릿속으로 답 없는 질문이 흘러갔다. 이게 잘하는 짓일까. 엄마 아빠는 집에 돌아와서 매립장이 다 털린 걸 봤을까. 아니면 아직도 대전일까. 나도 제하도 연락이 안 되는 걸 어떻게 생각할까…….

체감상 엄청 길게 느껴졌지만 실제로 이동한 시간은 한 시간도 안 되었다. 밤 10시를 넘겨 우리는 어딘가 도착했다. 수레 같은 것에 올려져 덜컹거리며 이동하는데 누군가의 목소리가 뚜렷하게 들려왔다.

"아니, 예정에도 없었는데 갑자기 이렇게 큰 걸……. 일단 지하에 둘게요. 이쪽으로 오세요. 여기 화물 엘리베이터 쓰시면 돼요."

웡, 엘리베이터 소리가 나고 곧 누군가 상자를 들어 바닥에 놓았다. 잠시 대화가 이어지고 엘리베이터 여닫히는 소리가 나더니 조용해졌다.

시간이 흐르고, 나는 상자 뚜껑을 안에서 밀어 열고 밖으로 나왔다.

실내의 복도였다. 우리 바로 앞에는 커다란 철문이 있었는데, '수장고'라는 문패와 함께 복잡한 잠금장치가 달려 있었다. 복도 저편은 불이 꺼져 어두컴컴했다.

"어스름바치랬지? 그 조형사를 만나면 어쩔 셈이야?"

제하가 작게 물었다.

"거기까진 생각 안 해 봤어. 일단 여기 안에 뭐가 있는지 파악부터 하자."

여기 어디 조형사가 있을까? 박물관이니 보안 카메라도 설치되어 있을 거고 야간 경비원도 있을 터였다. 아까 배달을 받아 준 사람처럼. 조형사들을 찾기 전에 걸리면 안 된다.

우리는 모자와 후드로 얼굴을 가리고 살금살금 걸어 1층에 다다랐다. 건너편에 보이는 안내 데스크에는 아무도 없었다. 어디로 가야 하나 망설이는데, 옆에서 불쑥 얼굴이 나타났다. 깜짝이야! 심장이 멎는 줄 알았다. 경비원은 아니었다. 우리 또래 아이였다. 그 아이는 우리를 보더니 얼굴이 밝아졌다.

"저기, 교육동이 어디야? 거기 1층 강당에서 견습생 오리엔테이션 하는 거 맞지?"

어라? 뭔가 착각하는 게 분명했다. 제하가 기회를 놓치지 않고 재빨리 대답했다.

"우리도 못 찾아서 이러고 있어."

그 아이의 눈썹이 시무룩하게 처짐과 동시에, 누군가가 우리를 불렀다.

"얘들아, 거기서 뭐 하니? 막 돌아다니면 안 돼!"

아이는 여자에게 머리를 조아렸고 제하와 나는 일행인 것처럼 같이 머리를 숙였다. 길을 잃었다고 하자 여자는 조금 한심해하며 교육동의 위치를 가르쳐 주었다. 우리는 건물 밖으로 나와 여자가 알려 준 길로 향했다. 일이 희한하게 잘 풀리고 있었다. 운 좋게도 그 아이는 말이 많았다. 자기가 알아서 정보를 줄줄 풀어놓았다.

"어휴, 여기 왜 이렇게 복잡하냐. 우리 어르신은 인사동 구경하신다고 날 두고 가 버리셨어."

그 아이는 가죽을 다루는 가죽바치 견습생으로, 스승과 함께 오늘 하동에서 올라와 근처 숙소에 짐만 놓고 나온 거라고 했다.

"어르신은 할 일도 많은데 매년 올라오기 귀찮다고 그러셔. 견습생들은 심부름만 한다지만 그래도 재밌을 거 같아! 나는 올해 처음 참석하는 거거든. 너희는 하지 행사에 와 본 적 있어?"

"우리도 처음이라서 잘 몰라."

제하가 적당히 얼버무렸다.

"한참 늦었어, 조용히 들어가라."

교육동에 들어가자 1층 강당 앞에 있던 조형사가 주의를 주며 우리를 안으로 들여보냈다. 강당 자리는 꽉 찼고 바닥에 앉거나 뒤에 서 있는 애들도 꽤 됐다. 개량 한복 같은 옷을 입은 애들도 있었지만 우리처럼 평범한 복장이 더 많았다. 제하와 나는 가장자리 통로 구석에 섰다. 아이들의 옆얼굴을 볼 수 있는 자리였다.

"정제하, 그 애들 얼굴 기억해?"

"……얼룩이 기억나."

제하는 엄청나게 집중해서 아이들을 바라보았다. 나는 긴장된 마음으로 제하를 기다렸다. 제하의 실력은 전혀 의심하지 않지만, 제하가 얼룩을 읽을 때마다 불안해지는 건 어쩔 수 없었다. 내 기억 속에는 얼룩을 읽다가 기절까지 한 어린 제하가 생생하게 남아 있었다.

강당 분위기는 조금 산만했다. 마이크를 잡고 선 나이 지긋한 남자가 거듭 주의를 주었다.

"자, 집중, 집중! 나눠 준 시간표와 업무 분장표는 확인했겠지. 각자 맡은 바 책임을 다해서 부족함이 없도록 해야 한다. 또한 너희 견습생의 기본 역할은 후원자들과 조형사들의 가교가 되는 것이다. 다들 모시고 있는 스승님들이 어떤 분인지 다 알겠지. 굽혀야 할 때 굽히지 못하는 분들도 많다. 너희가 잘 보좌해서 불미스러운 일이 없도록 해야 한다. 내일의 행사가 우리 조형사들의 한 해를 결정짓는다는 것을 명심하도록."

그때 누가 번쩍 손을 들었다. 고등학생쯤 되어 보이는 아이였다. 불만 가득한 얼굴로 그 애가 말했다.

"한참 재료를 말리고 다듬어야 할 때인데 다 팽개치고 여기까지 왔습니다. 그런데 기껏 하는 게 힘 있고 돈 많은 사람들 비위

나 맞추는 일입니까? 왜 이런 행사를 해야 합니까?"

찬물을 끼얹듯 강당이 조용해졌다. 앞에 선 남자는 발언자를 지긋이 바라보더니 입을 떼었다.

"현실을 직시해라. 너희가 쓰는 재료, 도구, 심지어 먹고 입는 모든 것들이 다 이렇게 얻어 낸 후원금을 분배하여 이뤄진다. 아무 도움 없이 자력으로 작업과 생활을 유지할 수 있는 자가 있다면 지금 이 자리를 떠나도 상관없다."

나가는 사람은 없었지만, 앉아 있는 아이들의 얼굴이 쓰디쓴 약을 삼킨 것처럼 일그러졌다. 남자는 목소리 톤을 부드럽게 바꿔 설득하듯이 말을 이었다.

"우리의 자부심은 우리가 만드는 것에서 나온다. 우리의 일이 우리를 증명한다. 여기서 후원자들의 비위를 맞춘다고 해서 우리의 자부심과 가치가 깎이는 일은 없다는 것이다. 우리의 일은 돈으로 가치를 매길 수 없으니까."

하지 행사라는 게 어떤 건지 대충 감이 왔다. 후원자들이 오고, 조형사들은 대접하고.

"저기 한 명 찾았어. 맨 뒤 가장자리 봐."

제하가 이미에서 땀을 닦아 내며 속삭였다. 복슬복슬한 머리가닥을 보니 나도 기억이 났디. 다들 싸늘하게 굳은 표정인데 그 애는 맹하게 눈을 껌벅이고 있었다.

"시간이 늦었으니 이것으로 마무리하지. 내일 오전 10시까지 박물관 마당으로 모이도록."

단상의 남자가 자리를 떠나자 강당 안이 소란스러워졌다. 제하와 나는 그 틈을 타서 복슬머리에게 접근했다. 그 아이는 느릿느릿 일어나 어정쩡하게 주위를 두리번거리고, 다시 자리에 앉았다가 거의 마지막으로 강당을 나왔다. 우리는 적당히 거리를 두고 그 애를 쫓았다. 다른 아이들은 가까운 철문을 통해 박물관을 나가는데, 복슬머리 혼자 마당을 가로질러 다른 건물로 향했다.

복슬머리는 어깨를 축 늘어뜨리고 한 번도 뒤돌아보지 않은 채 터덜터덜 걸어 건물 뒤편 작은 비상문 앞에 이르렀다. 그 애가 카드 키를 잠금장치에 대는 순간, 제하가 복슬머리의 어깨를 붙들었다.

"우리 얘기 좀 할까?"

"으아악! 어? 어! 미, 미안해!"

우리를 알아본 복슬머리가 두 손을 앞으로 모으고 눈을 질끈 감았다. 주먹에서 힘이 빠져나갔다. 뭐야, 이 쉬운 사과는.

"미안한 줄은 알아? 너, 너……."

뭐부터 말해야 하나 입안에서 말이 엉켰다. 어스름. 예나. 열쇠……

"예나는 어딨어?"

제일 먼저 입 밖으로 나간 질문이었다. 복슬머리는 손을 모은 자세 그대로 눈을 깜박였다.

"그게 누구야?"

"너희가 데려간 내 친구!"

"네 친구……. 아, 그거? 그거는 세척실에 있어."

목이 꽉 조이는 기분이 들었다. 그거라니. 세척이라니. 예나가 무슨 물건인 것처럼.

"네 친……구가 뭔지는 아는 거지?"

복슬머리가 머뭇거리며 물었다.

"스티커를 붙이잖아."

"어, 아네."

복슬머리는 어쩐지 안심한 것처럼 말했다. 그래서 뭐, 어쩌라고?

"세척실이 어딘지나 말해. 내가 데리고 갈 거니까."

"그, 그치만 그건 우리 거야. 그러니까, 우리 어스름바치가, 어르신이 만든 거라고. 어스름으로 만들었어."

나는 말없이 그 애를 노려보았다. 100미터 달리기를 한 것처럼 숨이 가빠지고 귀에서 맥박 소리가 들렸다.

그럴 리가. 그럴 수가. 예나는 인간인데. 인간이 틀림없는데. 아무리 조형사라 해도 어떻게 인간을 어스름으로 만들 수 있단 말인가. 그러나…… 어스름이 붙지 않는 것. 얼룩이 없는 것. 내가 아는 그 어떤 인간도 예나와 같지 않았다.

제하가 걱정스레 날 살피는 게 느껴졌다. 나는 아무렇지 않은 척하기 위해 애쓰며 말했다.

"예나가 뭐든 상관없어. 데리고 갈 거야."

"그, 그건 곤란해……."

복슬머리는 진땀을 흘리며 눈을 껌뻑이다가, 갑자기 버럭 소리를 질렀다.

"벼, 별하를 도와주면 줄게!"

별하. 그 싸가지 없는 안경의 이름이었다. 자기는 풍산이라고, 복슬머리가 뒤늦은 자기소개를 했다.

"별하는 어스름을 모으러 갔어. 너, 너는 청소부니까 어스름을 잘 모을 거 아냐. 원래는 나도 같이 해야 하는 일인데, 별하는 벌을 받느라 혼자 하고 있어. 어제부터 쉬지도 못하고……. 얼마나 힘들지……."

"야, 우리도 잠도 못 자고 여기까지 왔거든! 너희 때문에!"

"그, 그건 정말 미안……."

풍산은 쭈그러들었다. 제하는 짐짓 눈을 부릅뜨고 을러댔다.

"우리 애길 까발릴 생각은 하지도 마. 네 얼룩을 샅샅이 읽어서 숨기고 싶은 걸 다 알아낼 수도 있어."

"어, 말 안 해. 그거, 어, 네 친구랑 약속했거든. 순순히 우릴 따라오는 조건으로 너희에 대해선 입 다물기로."

풍산이 해맑게 말했다. 예나가 그 순간에도 나를 걱정했다는 게 마음 아팠다.

"누구한테 입 다문다는 건데?"

제하의 물음에 풍산의 얼굴이 희게 질렸다. 그 애는 사방을 두리번거리며 더듬더듬 말했다.

"너, 너희가 여기 있다는 걸 어르신이 알면 안 돼."

제하는 그 '어르신'이 누군지 알아내려 했지만 풍산은 끝까지 말하지 않았다. 나는 다른 질문을 던졌다.

"우리 부모님이 너희한테 열쇠를 줬어?"

풍산은 고개를 끄덕였다. 짐작했던 대로지만 확답을 들으니 눈앞이 캄캄했다. 그게 정말이라면 나에겐 얘를 탓할 자격이 없다. 도둑질이 아니었던 거니까. 어스름을 가져가라고 판을 깔아 줬던 거다. 도대체 왜?

"우, 우린 진짜 조금만 가져가려고 했어. 네가 끼어들지 않았으면 적당히 가져오고 끝났을 텐데……."

"그래서 내 탓이라는 거야? 그 어스름은 어쨌어?"

"어? 그, 그건……."

풍산은 어리바리하면서도 완고했다. 별하를 도와서 그 벌인지 임무인지를 완수하기 전에는 더 말하지 않겠다고 했다. 나는 될 대로 되라 싶은 마음으로 물었다.

"걔는 어딨는데?"

7장
한밤중 어스름 수거

제하와 나는 박물관 바로 앞 큰길을 건너 인사동 거리로 접어들었다. 밤이 깊어 가게들은 대부분 문을 닫았고, 거리의 노점상도 정리하는 분위기였다. 도자기 찻잔이며 노리개 키링을 파는 노점상 앞에서 외국인 관광객 몇몇이 값을 치르고 있었고, 길 한복판에 서서 애절하게 색소폰을 불던 연주자는 마지막 곡을 끝내고 짐을 챙기기 시작했다.

"김소요, 밤인데 괜찮아?"

제하가 날 살폈다. 그렇다고 대답했지만 사실은 진짜 별로였다. 번화가의 지저분한 어스름이 밤의 어둠에 섞여 들어 몇 배, 아니 수십 배는 커진 느낌이었다. 나는 어깨를 웅크리고 최대한 시야를 좁히고 걸었다.

풍산이 알려 준 곳은 복잡한 사거리였다. 앞에 가면 ㄱ별하라는 애가 있을 거랬는데, 주변을 빙 걸어 봤지만 보이지 않았다. 사람 자체가 별로 없었다. 큰길을 건너가는데 맞은편 불 꺼진 카페에서 한 사람이 나와 유리문을 잠갔다. 그 남자의 종아리에 붙은 뭔가가 내 눈을 사로잡았다.

"뭐야, 저거? 어스름이잖아!"

믿을 수 없이 컸다. 거의 신발만 한 크기였다.

길이나 벽도 아니고, 사람에게 저렇게 큰 어스름이 붙을 수가 있나? 보통은 상처 딱지처럼 납작한 게 기본이라, 두툼해진다 한들 혹처럼 튀어나오는 경우는 없다. 적어도 나는 본 적이 없었다. 모양은 그렇다 치고 저렇게 많이 붙으려면 수십 년은 걸릴 텐데, 이 남자는 그렇게 나이가 많아 보이지도 않았다.

남자는 지친 발걸음으로 터덜터덜 지하철역을 향해 걷기 시작했다. 바닥에 질질 끌리는 어스름에 시선을 뺏겨서 검은 옷차림의 수상한 사람이 남자 뒤에 따라붙은 것을 뒤늦게 발견했다.

조형사, '별하'라는 애였다. 두건으로 얼굴을 가리고 자루를 짊어진 그 애는 남자 뒤에 바짝 붙어 허리를 굽혔다. 손에는 큰 가위가 들려 있었다. 매립장의 어스름을 잘라 낼 때 썼던 그 가위였다. 설마, 설마?

나는 달려가 그 애를 밀쳤고, 그 애는 짧게 비명을 지르며 바닥에 쓰러졌다. 소란이 일자 남자가 뒤돌아보았다. 제하는 웃는 얼굴로 친구끼리 장난치는 거라고 변명했다. 그 변명이 통했는지 남자는 지하철역 계단을 내려갔다.

나는 별하에게 소리쳤다.

"어스름을 잘라 내려고 했지? 미쳤어? 사람에게 붙은 어스름은 떼면 안 된다고! 무슨 이런……."

두건이 벗겨져 드러난 별하의 얼굴을 보자 말문이 막혔다. 눈은 시뻘겋게 충혈됐고, 눈 밑은 시꺼멨다. 갈라진 입술에는 핏방울이 맺혀 있었다. 하룻밤 새 고문이라도 당한 것처럼.

사실상 고문과도 다름없었을 것이다. 그 애가 등에 멘 부푼 자루 안에 든 게 전부 어스름이라면, 그걸 다 이런 식으로 뗐다면 어스름을 달고 있었던 사람은 물론, 얘 역시도 지독하게 고통스러웠을 거다. 아까 풍산은 이게 벌이라고 했다. 아플 걸 예상하면서도 하고 있단 소리였다.

"어스름은 이럴 가치가 있는 재료다. 쓰레기 취급하는 너희 청소부들은 모르겠지만."

별하가 고집스럽게 말했다. 어스름을 모으는 게 자기의 사명이라도 된다는 거야? 그건 우리 청소부들의 일인데.

"……차라리 내가 길에 붙은 걸 떼어 줄게. 이런 짓은 그만해."

"야, 김소요! 넌 어스름 맨손으로 만지면 안 되잖아."

제하가 기겁을 하고 말렸시만, 에나를 돌려받으르려면 애를 도와줘야 했다. 그러나 내가 풍산과 한 약속을 알게 된 별하는 치를 떨며 화를 냈다.

"뭘 돌려줘? 누구 맘대로? 방해하지 말고 꺼져."

"도와주겠다니까? 이러다 너 죽어, 장난 아냐!"

별하는 이를 악물고 짓씹듯 내뱉었다.

"……주운 어스름 가지곤 안 돼. 사람에게서 떼어야 한다. 그러니 너희 청소부들은 절대 도울 수 없다."

이 재수 없는 조형사는 어스름 청소부의 수칙까지 잘 알고 있었다. 그럼 매립장에서 꺼내면 안 되는 것도 알았겠네? 어?

"매립장 어스름을 다 가지고 가 놓고선, 뭐가 얼마나 더 필요해서 이러는 거야? 야, 매립장 어스름도 길에서 뗀 거야, 사람한테서 뗀 거 아니고!"

내 말에 별하는 한쪽 눈썹을 올리고 헛웃음을 지었다.

"네 눈으로 보고도 모르겠나 보지? 매립장에서 충분히 삭히고 묵힌 어스름은 달라. 비슷하게나마 효과를 내려면 사람에게서 직접 떼어야 한다. 여러 인간의 어스름이 섞인 길바닥의 어스름보다 각 개인에게서 떼어 낸 것이 보다 순수할 것은 당연한 이치지. 청소부라면서 참으로 지식이 짧구나. 자기가 무슨 일을 하는지 알지도 못하면서 맹목적으로 수칙만 따르는가 보지?"

냉소 섞인 비아냥거림에도 나는 화를 낼 수 없었다. 진짜로 몰랐던 얘기였다. 엄마 아빠는 알고 있을까? 물어봤다면 알려 줬을까? 어스름에는 또 어떤 비밀이 숨겨져 있을까?

그때 별하가 갑자기 앞으로 뛰쳐나갔다. 한 건물에서 걸어 나오는, 어깨에 대걸레처럼 축 늘어진 어스름 덩어리가 붙은 할아버지를 향해서. 이 동넨 도대체 뭐야, 비정상적으로 큰 어스름을 붙인 사람들이 왜 이리 많아?

말릴 새도 없이 별하가 그 할아버지의 어스름에 가위를 들이댔다. 슥, 어스름의 반이 잘려 나갔고, 할아버지는 소름 끼치는 비명을 지르며 별하의 목을 움켜잡았다. 그만큼 충격을 받았을 별하는 그 공격을 피하지 못했다. 별하는 할아버지와 몸싸움을 하다가 어스름이 든 자루를 놓쳤다. 자루에서 어스름 덩어리들이 튀어나와 사방으로 흩어졌다.

"이거 놔요!"

제하가 할아버지의 팔을 붙들었지만 할아버지는 손에서 힘을 풀지 않았다. 아니, 풀고 싶어도 못 푸는 것 같았다. 할아버지는 반쯤 잘린 어스름을 대롱대롱 달고 경련했다. 목을 잡힌 별하는 숨이 막혀 꺽꺽댔다.

어쩌지? 저런 건 만져 본 적 없는데! 아, 모르겠다! 나는 덜렁거리는 어스름을 잡고 확 떼어 버렸다.

쾅! 번개를 맞는다면 이런 기분일까. 온몸을 후려치는 충격에 잠깐 정신을 잃었다. 정신이 들었을 땐 건물 옆 좁은 골목에 주저

앉은 채였고, 화단 너머로 쓰러진 할아버지와 웅성대는 사람들이 보였다.

"김소요, 괜찮아?"

제하가 하얗게 질린 얼굴로 나를 붙들고 있었다.

"어……."

머릿속이 둥둥 울리고 얼굴이 간지러웠지만 각오한 것보다는 훨씬 데미지가 적었다. 번개를 맞고도 살아남은 사람처럼, 아픔이 내 몸을 통과해 지나간 것 같았다. 별하의 상태가 나보다 더 안 좋았다. 안경은 망가졌고 목에 생긴 손톱자국에서 피가 흘렀다.

우리는 119가 와서 할아버지를 실어 갈 때까지 숨을 죽인 채 숨어 있었다.

"청소부, 너, 수칙을 어겼다."

별하가 쉰 목소리로 지적했다. 어이가 없었다.

"지금 그게 중요해?"

"……가위로 잘랐으면 저렇게까지 충격이 크진 않았을 거다. 네가 건드려서 쓰러진 거야."

별하가 나를 비난하자 제하가 빠르게 반응했다.

"하! 목 졸려 죽든 말든 내버려뒀어야 했다, 어? 소요한테 고마운 줄 알아, 소요만 아니었으면 넌 그냥……."

별하는 제하가 하는 말은 들은 척도 않고 나라 잃은 표정으로 빈 자루만 내려다보았다. 아까 자루를 놓친 바람에 모아 둔 어스름이 다 흩어진 것이다. 보도블록과 건물 외벽, 버스 정류장 광고판까지 어스름 덩어리가 사방에 들러붙어 있는 게 보였다.

나는 후들거리는 다리에 겨우 힘을 주고 몸을 일으켰다.

"뭐 해, 다시 모으지 않고."

"네 도움 따윈 필요 없다."

별하가 말했지만, 나는 보란 듯이 그 애의 옷자락에 붙은 주먹만 한 어스름 덩어리를 집어 자루에 넣었다.

제하와 나는 별하가 가져온 도구들을 사용해 어스름을 모았다. 별하는 나름 노력하는 것 같았지만 우리를, 특히 나를 따라오진 못했다.

"……역시 땅거미꾼은 다르군."

땅거미꾼. 아까 매찌도 그렇게 말했다. 우리를 일컫는 말이 또 있는지는 몰랐다. 내가 몰랐던 게 얼마나 많은지 알게 되는 건 그다지 좋은 기분이 아니었다.

"땅거미꾼은 인간에게서 어스름을 떼지 못하는 줄 알았는데."

"안 하는 거지, 못 하는 게 아니야."

사실은 하면 안 되는 거지만. 별하는 나를 가만히 쳐다보다가, 뜻을 알 수 없는 말을 했다.

"그 사실은 드러내지 않는 게 좋을 거다."

어이없네. 자기가 뭐라고 드러내라 말라야?

"뭐, 어스름을 떼도록 시키기라도 하게? 꿈도 꾸지 마. 약속이나 지켜."

흩어진 어스름 덩어리를 다시 모으는 건 쉽지 않았다. 그사이 바닥에 딱 붙어 버려서도 그랬지만, 내 상태가 점점 나빠져서였다. 얼굴이 간지럽다 못해 아렸다. 막 부어오르는 느낌이기도 했다. 제하가 편의점에서 얼음 컵과 핫 팩을 사 와서 얼굴에 번갈아 대주었다. 괜찮다는 뜻으로 웃어 보이려 했지만 입가에 경련만 일었다.

자루를 도로 채운 것은 밤을 꼬박 새우고 거리에 버스 첫차가 다니기 시작할 무렵이었다. 발바닥이 아프고 눈은 시큰거렸다. 별하는 비척거리면서도 묵묵히 자루를 끌고 앞섰다. 그 뒤를 따라 박물관으로 돌아와 비상문을 통해 건물 안에 들어갔다. 구석의 좁은 계단을 오르자 옥상이 나왔다. 옥상 한가운데 난데 없이 나무판자로 지은 오두막이 한 채 세워져 있고, 그 문 앞에서 풍산이 쪼그려 앉아 졸고 있었다.

풍산은 우리가 다가가자 퍼뜩 깨어났다.

"별하! 다 모았어? 잘됐어?"

반갑게 맞이하는 풍산을 막아 세우고 내가 대신 대답했다.

"어, 다 모았어. 나 아니면 그렇게 못 했을 거야. 이제 약속 지켜. 예나를 돌려줘."

"왜 쓸데없는 짓을 한 거야?"

별하는 풍산에게 벌컥 화를 내고는 오두막 문을 열었다. 수납장들이 몇 개 세워져 있고, 그 앞으로 사람도 들어갈 것 같은 커다란 옹기가 놓여 있었다. 별하는 옹기 뚜껑을 열고 그 안에 가져온 자루를 집어넣었다. 풍산은 금세 풀이 죽어 웅얼거렸다.

"나는 별하 너를 도우려고……."

"그럴 필요 없었어."

"필요 없긴. 무슨 일이 있었는지 벌써 다 까먹었냐?"

제하의 말에 별하가 이쪽을 노려보았다. 뭐, 지가 어쩔 건데? 별하는 의자에 풀썩 주저앉아 얼굴을 마구 문질렀다. 지독히 피곤해 보였다.

"……어르신이 얼마나 기뻐하셨는지 알잖아. 내일 하지 행사에도 그것 때문에 더 많은 이들이 올 거야. 벌써 알음알음 소문이 퍼졌다고. 그런데 어떻게 돌려줘?"

그 말에 풍산은 고개를 푹 숙였다. 별하는 내게 턱도 없는 제안을 했다.

"야, 청소부 스티커가 필요한 거라면 따로 얻어다 주지. 함부로 외부에 유통시키지 않는 물건이지만 풍산이 약속을 했다니 어쩔 수 없지."

"그런 게 필요해서 예나를 데려가려는 게 아니야. 내 친구여서 데리고 가려는 거지!"

약속을 안 지키겠다면 저 옹기를 엎고 모아 온 어스름을 다 흩어 버릴 거다! 각오를 다지는데, 풍산이 고개를 치켜들고 별하에게 소리쳤다.

"얘네한테 보내! 차라리 그게 나아, 이젠 더 못 보겠어!"

"그걸 왜 네가 정하냐고, 어르신이 알아서 하실 일이야!"

별하가 득달같이 받아치자 풍산의 눈에 눈물이 고였다. 제하가 두 손을 짝 마주치곤 말했다.

"그니까, 너희 둘 의견이 일치하지 않는구나. 그럼 우리가 같이 정해 줄게. 자, 넷 중에 셋은 보내는 거, 한 명은 안 보내는 거. 1 대 3! 답이 나왔네. 예나를 돌려줘."

"무슨 말도 안 되는 소리야."

별하가 짜증스레 대꾸했을 때였다. 누군가 오두막 문을 잡아당겼다. 풍산이 허둥지둥 나와 제하를 수납장 뒤로 밀어 넣었다. 발밑에 정체 모를 뭔가가 밟히고 얼굴에는 거미줄이 걸렸다. 수납장 사이 틈으로 누군가 창고에 들어오는 게 보였다. 조형사 복장의 아이였다. 그 아이는 빈정거리는 투로 별하와 풍산에게 말했다.

"그걸 찾아냈다며? 너네 어르신 기분 좋아 보이시더라. 지난 몇 달은 꽤나 초조해 보이셨단 말이지. 둘밖에 없는 제자여도 이렇게 유능하니 어스름바치의 앞날이 참 밝다, 밝아."

"그딴 소릴 하러 여기까지 찾아온 건가? 어지간히 할 일이 없나 보군."

별하가 차갑게 대꾸했다. 상대는 못마땅한 얼굴로 삐죽거렸다.

"망가졌단 소문이 있던데. 어차피 뭉갤 거 아냐? 그럼 우리에게도 권리가 있어. 잊지 않았겠지, 너희 도구를 만들어 준 게 우리 야장이라는 거."

"그래, 대장장이님들 덕에 아주 잘 쓰고 있어. 하지만 어스름이 들어가지 않았다면 그런 효과를 낼 수나 있었을지?"

"잘난 척하지 마, 어스름바치 주제에."

주먹질이라도 할 것 같이 험악한 분위기였다. 둘 사이에 풍산이 끼어들었다.

"어, 어스름이 필요한 거야? 우, 우리도 별로 없어. 막 가져온 어스름이 있긴 한데, 아직 안 삭힌 거라. 이거, 이거라도 좀 가져갈래?"

시비를 걸던 아이는 눈에 띄게 안도하며, 그러나 여전히 비아냥거리는 말투로 대답했다.

"뭐, 있으면 줘. 아, 다듬어서 줘. 지저분한 거 잘라 내고."

풍산은 옹기에서 어스름 덩어리를 하나 꺼내더니, 작은 칼로 슥슥 다듬어 겉을 벗겨 냈다. 그러자 좀 더 색이 진하고 매끈한

속이 드러났다. 저런 게 가능하다니. 조형사들이 어떻게 어스름을 재료로 쓰는지 조금은 알 것 같았다. 풍산은 다듬은 어스름을 상대가 들고 온 뚜껑 달린 놋쇠 그릇에 넣었다.

"이걸 어디다 붙여, 한 홉도 안 되겠네. 그거 뭉개면 꼭 연락해라."

그 아이는 투덜대다가 그릇을 소중히 안고 오두막을 나갔다. 나는 입술에 들러붙은 거미줄을 떼어 내며 수납장 뒤에서 나왔다.

"무슨 소리야? 뭉개다니? 예나 얘기지? 맞지? 무슨 짓을 하려는 거야!"

"어스름바치가 아닌 조형사 중에도 어스름을 알고 쓰는 이들이 있다. 어스름은 특수한 효과를 낼 수 있으니, 하나같이 어스름에 눈독을 들이고 있지. 네 친구라는 그걸 뭉개어 원재료인 어스름으로 돌리면 줄지어 받아 가려 할 테다."

별하가 차갑게 말했다. 이들은 여전히 예나를 그저 어스름 덩어리인 양 말하고 있었다. 예나는 어떻게 이런 취급을 견뎠을까. 머물 데 없이 외롭게 떠돌아다니던 예나의 모습이 내 마음을 후벼 팠다. 나는 목 안으로 치밀어 오르는 뜨거운 기운을 삼키고, 붉어지는 눈시울을 감추려 얼굴을 일그러뜨렸다.

"예나에 대해 그렇게 말하지 마. 예나한테는 마음이 있어. 절대 이런 데 두지 않을 거야. 물건으로 취급하는 이런 곳에는. 조형사들은 약속을 휴지 조각 취급하나 본데, 우리는 안 그래. 약속을 지켰으니 예나를 데려갈 거야!"

"별하, 보내자. 나는, 그게 여기 있는 게 싫어. 너무…… 불쌍하잖아."

눈물이 그렁그렁 고인 풍산이 별하에게 매달렸다.

"우리는 조형사야! 물건의 쓰임새가 중요하고 그 물건이 맞는 자리에 가는 게 중요해. 물건을 불쌍히 여겨서 뭘 어쩌겠다는 거야!"

별하는 버럭 고함을 지르고 오두막을 나가버렸다. 따라 나가 붙잡고 더 싸워야 하나 싶었는데, 풍산이 어리둥절한 표정으로 눈물을 닦았다.

"별하 나간 거 맞지? 됐어! 별하도 동의한 거야. 안 되는 거면 끝까지 안 된다고 했을 거야. 이, 일단 여기 말고 다른 데로 가자. 여기는 또 누가 올지도 몰라."

풍산은 우리를 옥상 바로 아래 층의 외진 방으로 안내했다. 작은 방 안에는 2층 침대와 탁자, 작은 옷장이 있었다. 소박한 기숙사 느낌이었다.

"나랑 별하가 쓰는 방이야. 다른 사람은 안 오니까 여기에 있어도 괜찮을 거야."

"박물관에서 사는 거야?"

내 물음에 풍산은 야단이라도 맞은 듯 어깨를 움츠렸다.

"⋯⋯우리 어스름바치만 그래. 어, 어스름을 삭히고 묵힐 곳도 필요하고⋯⋯. 어차피 어르신까지 셋뿐이라서 그리 자리를 많이 차지하는 것도 아니야. 음, 화기도 절대 안 쓰고, 아! 여기 수장고에 있는 물건 중에 어스름이 섞인 것도 우리가 주기적으로 살피거든. 그래서 사는 건데⋯⋯."

"어르신이라는 게 너네 스승님 말이지? 어스름바치. 그 사람이 어스름을 가져오라고 시킨 거구나. 예나를 만들었다는 것도 그 사람일 거고. 맞지?"

제하의 물음에 풍산은 유순하게 고개를 끄덕였다. 그 사람에 대해 더 물어보고 싶었지만, 풍산은 아침 조회 준비를 해야 한다며 서둘렀다. 오늘 있을 행사 때문에 견습생들은 정신없이 바쁠 거라고도 했다.

"이따 저녁에 후원 행사가 시작되면, 다들 거기 신경 쓸 테니 세척실에 접근하기 쉬워질 거야. 그때까지 이 방에서 기다려 줘. 세척실은 옆 건물 지하인데, 그 건물 1층에서 행사를 준비 중이라 지금은 지나갈 수 없어."

세척이란 말에 나는 다급히 말했다.

"절대 예나에게 손대지 마. 뭉개고 그런 거, 절대 안 돼!"

"저, 절대 안 그래. 나도 너희가 그⋯⋯걸, 그 애를 여기서 데리고 나가길 바라."

 풍산의 얼굴에 슬픈 기색이 어렸다. 거짓으로 둘러대는 것 같진 않았다.

날이 밝았다. 제하와 나는 풍산이 가져다준 떡과 물을 아껴 먹으며 시간이 흐르길 기다렸다. 풍산은 오늘 있을 행사의 안내문도 주었다. 행사 일정표와 장소별 인력 배치까지 있어 상황을 파악하는 데 도움이 되었다.

"와, 국회의원이랑 무슨 기업 회장 인사 순서도 있어. 초대장 없으면 못 들어온대. 철저하게 검사한다는데?"

제하가 안내문의 정보를 읊었다. 매년 하지마다 전국에서 각 지역을 대표하는 조형사들이 한데 모여, 그간의 성과를 알리고 후원자들에게 감사의 뜻을 전하는 자리였다.

"……조형사들이 정말 인간까지 만들어 낼 수 있어?"

나는 아직도 예나가 어스름으로 만들어졌다는 사실을 믿을 수기 없었다. 제하는 안내문을 내려놓고 기억을 더듬었다.

"내가 알기론, 조형사들은 어떤 형상을 의뢰받으면 그걸 그대로 만들어 낸대. 사진이나 그림 속 물건을 복원하는 건 물론이고, 엄청 옛날 문서에 글로만 남아 있어도 제작할 수 있대. 흙, 쇠, 나무 같은 기본적인 재료에다 특이한 재료를 섞는다고도 했어."

그러니까, 어스름 같은 것을. 어스름이 들어간 물건은 어떤 것일까. 오싹했다. 갑자기 시야가 너무 넓어져 멀미가 날 것처럼 어지러웠다.

"완전 파티네. 악단도 왔어. 오, 거문고다. 어디, 의자가 몇 개야. 꽤 많이 오나 본데?"

제하는 블라인드 틈으로 바깥을 살폈다. 리허설을 하는지 악사들이 흥겹게 국악을 연주하는 소리가 들려왔다. 나는 바닥에 앉아 무릎을 끌어안고 눈을 감았다. 제하는 잠깐 눈을 붙이라고 했지만 그럴 기분이 아니었다. 세척. 예나. 어스름……. 예나를 빨리 만나고 싶었다. 초조해서 견디기 힘들었다.

행사가 시작되고 나서야 풍산이 방으로 돌아왔다. 풍산은 우리에게 조형사들이 입는 겉옷과 두건, 입을 가리는 천을 주었다.

"말해 둘 게 있는데, 그, 네 친구는 이미 세척이 끝났어. 너희를 못 알아볼지도 몰라."

풍산이 조심스레 말했다.

"너무 많은 정보가 저장되면 기능에 문제가 생긴대. 그래서 대여 기간이 끝나 돌아올 때마다 세척을 해서 남은 정보를 제거하는 건데…….”

"알겠으니 빨리 앞장서."

제하와 나는 풍산을 따라 계단을 내려와 건물을 나섰다.

하지 저녁, 초여름의 신선한 푸릇함이 마당에 감돌았다. 사람들은 둥근 탁자에 둘러앉아 음식을 먹고 이야기를 나누고 있었다. 중간중간 조형사들이 끼어 앉아 손님들을 상대했고, 견습생들은 부지런히 음식을 나르고 빈 접시를 치웠다. 마당 저편에는 선글라스를 쓰고 까만 정장을 빼입고 인이어를 낀 사람들이 수십 명 서 있었다.

"저쪽에 있는 사람들은 뭐야?"

내가 속삭여 묻자 풍산이 대답했다.

"오늘 참석하신 분들의 경호원이야. 연회장엔 경호원은 못 들어가거든. 저기서 대기해야 돼."

"역시 대단한 분들은 경호원이랑 오는구나. 얼룩 좀 읽어 두면 좋겠는데."

"하지 마. 여기서 아프고 싶냐."

연회장 쪽을 살피는 제하를 말렸다. 풍산과 함께 옆 건물 입구로 들어가려는데, 그 안에서 한 무리의 사람들이 나왔다. 풍산이 옆으로 비켜서서 고개를 숙였다. 제하와 나도 똑같이 따라 했다. 눈을 내리깔고 있다가 무리가 다 지나갈 때쯤 고개를 들었는데,

"어?"

마지막 사람과 눈이 마주쳤다. 심장이 튀어나올 듯 놀랐다. 박 주무관 아냐? 박 주무관의 눈이 동그랗게 커졌다. 나는 고개를 마구 저었다. '여기서 알은체하면 안 돼요!' 박 주무관은 내 앞을 지나치는 듯하다가, 몇 걸음 옆에 멈춰 섰다. 박 주무관이 딴 데를 바라보며 작게 말했다.

"아니, 여기서 뭐 해요? 부모님은 왜 연락이 안 되시고……."

"사정이 있어요. 주무관님이야말로 여기서 뭐 하세요?"

"저희 구청장님 오시는 데 따라왔어요. 전통문화 전승 시연 행사? 그런 거던데, 아! 김소요 씨도 여기 견습생이었어요?"

"저기, 죄송한데요, 제가 지금 상황이 복잡하거든요. 모르는 척해 주세요, 네?"

박 주무관은 알쏭달쏭한 표정으로 알겠다고 대답했다. 박 주무관이 자리를 뜨자 멀찍이 서 있던 풍산이 우리를 재촉했다.

'관계자 외 출입 금지' 표지판이 걸린 문을 열고 계단을 내려가니 낯익은 장소가 나왔다. 어제 제하와 내가 택배 상자에 실려 도착했던, 수장고가 있는 지하였다.

수장고를 지나 가장 안쪽에 또 다른 문이 있었는데, 최신식 수장고 문과 달리 고풍스러운 나무문이었다. 박물관 소장품이어야 할 것 같은 나무 문패도 걸려 있었다. 제하는 한자를 읽고 여기도 수장고라고 말했다.

우리는 풍산을 따라 그 안으로 들어섰다. 수장고 안은 어두웠다. 크고 작은 진열장들이 줄지어 놓여 있고, 그 사이로 길을 표시하듯 바닥 조명이 점점이 이어져 있었다. 조명이 바닥에만 있으니 유리장 안에 뭐가 들어 있는지는 잘 보이지 않았다.

"……움직이는 거 같은데."

제하가 불안한 어조로 중얼거렸다. 진열장 안이 어둡기만 한 것은 아니었다. 어떤 것은 눈부시다 못해 눈이 아플 정도로 환하게 빛나서 고개를 푹 숙이고 눈을 가리고 지나쳐야 했다. 평범해 보이는 소장품들도 있었다. 자수가 놓인 베갯잇, 색색의 천을 이어 만든 조각보, 자개로 장식된 상과 은제 꽃병.

"너, 너무 자세히 보지 마."

풍산이 우리를 돌아보았다.

"이쪽 수장고에는 보통 사람이 다루기 힘든 것들이 있어. 어스름이 쓰인 것도 있고."

"어스름을 써서 만들었다고? 어떤 게?"

나는 보지 말라는 충고를 잊고 고개를 돌렸다. 제하가 손으로 내 시야를 가렸다. 풍산은 지금까지와는 다르게 한 번도 말을 더듬지 않고 유려하게 설명했다.

"실을 자아낼 때 어스름을 넣으면 그 실은 끊어지지 않고, 물감에 섞으면 색깔이 바래지 않아. 예로부터 귀하게 쓸 물건일수록 어스름을 많이 넣어서 변하지 않도록 만들었대. 하지만 어스름은 어떤 상황에선, 녹듯이 스며 나오려 해. 그러면 그 물건은 순식간에 삭아 버리지. 그렇게 되지 않도록 우리 어스름바치들이 새로운 어스름을 계속 덧붙여 주고 있어. 여기 있는 물건들은 그렇게 사라지기에는 너무나 귀한 것들이거든."

우리는 마침내 수장고 반대편 끝에 이르렀다. 금속 문 앞에 별하가 서 있었다. 별하는 무표정한 얼굴로 세척실 안으로 우리를 들여보내고 밖에서 문을 닫았다.

세척실 안은 꽤 넓었다. 과학 실험실처럼 여러 장비와 작업대가 있고, 대형 진열장도 있었다. 그 안에는 푸른빛의 조명 아래 천이며 막대 같은 것이 널려 있고, 그 사이에 예나가 서 있었다. 고요히, 인형처럼 눈을 감고서.

"송예나…… 예나야!"

내가 부르자, 미동도 하지 않던 예나의 속눈썹이 살짝 떨렸다. 풍산이 유리문을 열어 주었고, 나는 예나의 손을 붙들었다. 눈사람처럼 차가웠다.

"예나야, 나야. 김소요. 눈 좀 떠 봐, 어?"

그러나 예나는 눈을 뜨지 않았다. 진짜 기억까지 씻겨 나간 거야? 하지만 우리가 함께한 시간은 누가 주입한 정보가 아니라 우리가 정말로 경험한 건데.

"예나야, 미안해. 나 때문에 네가 여기로 끌려왔잖아. 내가 아니었으면 네가 붙잡힐 일도 없었을 텐데……."

"……아니야."

예나가 눈을 떴다. 그 눈에 순식간에 물기가 서렸다.

"왜 여기까지 왔어……. 여긴 위험해. 나는 어쩔 수 없으니 그냥 가."

예나는 체념한 듯 말했다. 그냥 갈 거면 여기까지 오지도 않았다. 예나를 설득하려던 바로 그때, 문밖에서 소란이 일더니 문이 활짝 열렸다.

"어? 여기 막 들어오시면 안 돼요!"

풍산이 당황하며 소리쳤다. 두 사람이 막아서는 별하를 뿌리치며 세척실 안으로 들어오고 있었다. 우리 엄마 나이쯤으로 보이는 여자와 머리가 새하얀 할아버지였다.

맙소사, 그 여자의 뒤통수에는 허리에 닿도록 늘어진, 뱀처럼 기다란 어스름이 달려 있었다. 초점 없는 눈을 하고 멍하니 선 할아버지의 목둘레에도 목도리처럼 두툼하게 어스름 덩어리가 감겨 있었다. 지난밤 인사동에서 비슷한 어스름 덩어리를 보지 않았다면, 내 눈을 믿지 못했을 것이다.

여자가 예나를 보고 눈을 빛냈다.

"정말 있네, 여기 있어!"

"뭐, 뭐 하시는 거예요!"

풍산이 허둥지둥 두 사람을 막아 세웠다. 중년 여자는 예민하게 눈을 부릅떴다가 억지로 미소 지으며 가방에서 두툼한 봉투를 꺼냈다.

"응, 견습생이구나. 수련하고 기술 익히느라 참 고생이 많지? 용돈 삼아 편하게 쓰렴."

"이러시면 곤란합니다. 여기서 나가 주세요."

별하가 성큼성큼 걸어와 그 봉투를 밀어냈다. 여자가 빽 소리를 질렀다.

"이거, 우리 집에 있던 거야. 우리한테 권리가 있다고! 우리 아버지 아프신 거 안 보여? 학생도 부모님 있을 거 아냐! 부모님이 아프신데 가만히 있을 자식이 어딨어?"

여자가 소리를 지를 때마다 어스름이 꼬리처럼 흔들렸다. 썩은 음식 같은 지독한 냄새까지 풍겼다. 그때 제하가 한 발 앞으로 나섰다.

"이 할아버지 어디서 본 거 같은데. 어디 뉴스에서. 아, 무슨 회장 아니에요? 근데 상태가 영 안 좋으시네? 기억을 못 하시는데?"

제하는 노인의 얼룩을 읽어 냈다. 여자는 사색이 되었고, 노인은 선잠에서 깨어난 것처럼 인사했다.

"안녕하십니까? 저는 최충필입니다. 저는……."
"아버지, 그냥 계세요! 너 뭐야! 누가 보냈어!"
"나가시라니까요!"

소동이 커졌다. 나는 그들이 손대지 못하도록 예나를 감쌌다. 여자가 내 어깨 너머로 코맹맹이 소리를 냈다.

"정민아, 나 기억하니? 우리 집에서 잘 지냈었잖아. 그치? 우리 집에 가자, 네 방이랑 옷이랑 다 그대로 있어. 학교도 가야지. 가서 우리 아버지한테 스티커만 붙여 주면 돼. 코코도 널 찾아. 보고 싶지? 그치?"

예나의 눈동자가 흔들렸다. 그러나 예나는 곧 딱딱하게 말했다.
"저는 더 이상 스티커를 만들 수 없습니다. 재료가 없습니다."
"거짓말하지 마! 만들 수 있으면서!"

여자가 히스테릭하게 소리치며 예나를 붙들고 늘어졌다. 너 없이는 안 된다, 네가 스티커를 안 붙이면 곧 돌아가실지도 모른다……. 예나에게 죄책감을 주려는 의도가 뻔했다. 화가 치밀었다.

"그쪽이야말로 거짓말시키는 거잖아요! 아프시면 병원에 모시고 가요, 거짓 기억을 붙이려 하지 말고!"
"비켜! 난 쟤를 데리고 갈 테니까! 저리 비키라고!"

여자의 눈이 희번덕거렸다. 어스름이 저 사람의 귀와 마음에 꽉 붙어서 다른 어떤 생각도 못 하게 하는 것 같았다. 어스름을 떼면 정신을 차릴까? 나는 여자의 등 뒤에서 흔들리는 어스름 덩어리에 손을 대려 했다. 그 순간, 할아버지가 입을 열었다.

"나 무서워……. 배고파……. 집에 갈래……."

여자는 소리 지르는 걸 멈췄다. 그 틈을 타서 별하가 경고했다.

"이 일이 어르신의 귀에 들어가면 다시는 스티커를 받을 수 없을 겁니다. 잘 판단하세요!"

"뭐요!"

예나가 여자의 팔을 뿌리쳤다. 여자는 얼굴을 일그러뜨렸다.

"내가 너한테 얼마나 잘해 줬는데. 이런 배은망덕한……."

"나가라고요!"

제하와 내가 여자를 밀어냈다. 그제야 여자는 할아버지를 부축해 세척실을 나갔다. 미련을 버리지 못해 예나를 연신 뒤돌아 쳐다보면서. 문이 쾅 닫히고, 예나는 힘이 빠진 듯 그 자리에 주저앉았다. 나는 부들부들 떨리는 예나의 어깨를 감싸안았다.

별하는 지친 어조로 말했다.

"저 노인은 인지능력을 잃은 지 오래되었어. 사실이 알려지면 회사 대표 자리를 내놓아야 하니까, 딸이 나서서 온갖 수단을 다 썼어. 작년에는 이걸 세 달 동안 대여했었지. 계속 스티커를 붙이면 일상생활을 하는 것처럼 보일 테니까."

예나는 죄지은 사람처럼 수그렸다. 그게 싫었다. 나는 예나를 더 힘껏 끌어안았다.

"……저게 맞는 건지 모르겠어."

풍산이 중얼거렸다.

"어르신은 스티커 덕에 사람들이 안정된다고 하시지만, 결국 저렇게 돼. 스티커 없이 못 살게 된다고."

아이를 잃은 사람에겐 아이가 살아 있는 것 같은 착각을, 젊음을 잃은 사람에게는 젊은 시절의 기억을. 거짓으로 얻은 만족감은 현실과 부딪칠 때마다 더 큰 거짓을 붙여야만 유지될 수 있었다.

뭐라 더 말하려는 풍산을 손짓해 막으며 별하가 시계를 확인했다.

"쓸데없는 소리 그만해. 갈 거면 빨리 가, 행사가 끝나기 전에."

예나는 그 말에 고개를 번쩍 들고 믿을 수 없다는 듯 되물었다.

"날 놔준다고? 정말로?"

별하는 예나를 외면했고, 풍산이 억지로 미소를 지어 보이며 대답했다.

"그래. 여기 땅거미꾼이 널 도와준다고 했어."

"예나야, 가자."

나는 입술만 달싹이는 예나를 잡아끌었다. 한시가 급했다.

풍산이 왔던 길로 가면 된다고 말하며 세척실 문을 열어 주었다. 그런데 수장고로 나오자마자 아까 그 여자를 발견했다. 양쪽에 검은 정장을 입은 경호원을 끼고 의기양양하게 걸어오는 여자 뒤로 더 많은 사람이 보였다.

"저기 있다!"

그들은 예나를 향해 우르르 달려왔다. 맨 앞으로 세척실을 나섰던 제하는 그들에 밀려 진열장 사이로 나동그라지고 말았다. 나는 예나를 데리고 다시 안으로 들어가 문을 잠그려 했지만 실패했다. 그들은 세척실로 밀고 들어왔고, 누군가 우악스럽게 나를 잡고 예나에게서 떼어 놓았다.

"얘, 나 기억하지? 응? 우리 집에 와다오!"

"나는 스티커만 주면 된다. 그래, 몇 개만 더 주면 돼!"

예나는 그들이 밀고 당기는 대로 속절없이 흔들렸다. 자기 할 말만 늘어놓는 그 사람들에게는 하나같이 커다랗고 냄새나는 어스름이 붙어 있었다.

"이러지 마세요, 비키세요!"

풍산이 허둥대며 막아 보려 했지만 그들은 귓등으로도 듣지 않았다. 이 악다구니판이 예나의 삶이었다. 예나는 이런 사람들을 견디다 못해 도망쳤던 것이다. 다 후려쳐 쫓아내고 싶었다. 예나에게 손도 대지 못하도록!

나는 이를 악물고 내 앞에 선 남자의 뒤통수에 붙은 어스름을 잡았다. 손 아래서 어스름 덩어리의 표면이 갈라지는 게 느껴졌다. 당연한 듯 가려움이 내 얼굴을 덮쳐 왔다. 풍산이 날 보고 놀라 손을 휘저었지만, 이 난장판을 끝낼 방법은 이것뿐이었다. 나는 손가락에 힘을 주어 한 움큼의 어스름을 부수듯 떼어 냈다.

"으악!"

그 사람은 외마디 비명을 지르더니 다리에 힘이 풀린 듯 쓰러졌다. 나 역시 비틀거렸다. 머리를 벽에 세게 부딪친 것처럼 아프고 어지러웠다.

이제 다들 물러서겠지! 그러나 내가 미처 생각 못 한 게 있었다. 그 사람들은 어스름을 보지 못했다. 그러니 내가 뭘 했는지도 몰랐다. 그들은 여전히 예나를 둘러싸고 자신들의 요구를 소리 높여 부르짖었다. 자기들끼리 밀치고 주먹질을 하기도 했다. 그들에게 달린 어스름이 나를 비웃듯 흔들거렸다.

다 떼어 버릴 거야, 내가 쓰러지더라도!

"코피가 난다."

별하가 나를 뒤로 잡아당기며 손수건을 건넸다. 나는 내가 코피를 흘리고 있는지도 몰랐다.

"그래 봤자 소용없다."

"그럼 뭐, 보고만 있으라고? 싫어!"

별하를 뿌리치는데, 소란스러움을 뚫고 풍산이 비명처럼 지르는 소리가 들렸다.

"어르신이 오십니다!"

세척실 문이 활짝 열려 있었다. 사람들은 엉거주춤 물러나 열린 문을 바라보았다. 어르신이라면, 그 어스름바치?

……저게 어떻게 사람일 수가 있지?

문 앞에 나타난 것은 거대한 어스름 덩어리였다. 여러 톤의 까망이 섞인 것처럼 얼룩덜룩하고, 현무암처럼 울퉁불퉁한 어스름 덩어리. 그것은 휠체어에 타고 있었다. 어스름이 붙지 않은 곳은 휠체어 손잡이에 올려 둔 두 손과 눈 주변뿐이었다.

"어르신……."

별하가 제일 먼저 그 어스름 덩어리 앞에 무릎 꿇듯이 몸을 숙였다. 그게 신호라도 된 듯 사람들이 하나둘 고개를 숙였다. 어스름 덩어리에서 목소리가 들렸다.

"다들 여기 계셨군요. 이런 구석진 곳에 귀한 분들이 발걸음 하시다니요."

겸손하면서도 위엄 있는, 신뢰가 가는 목소리였다. 그래서 더 무서웠다. 어스름 속 정체를 조금도 짐작할 수가 없었다. 몸이 주체할 수 없이 떨렸다. 나는 벌벌 떨리는 손을 꽉 쥐었다.

"아, 아닙니다. 형설 선생님. 저희는 그저 스티커가 필요해서 왔습니다.”

방금까지도 예나를 두고 다투던 사람들이 짐짓 예의를 차리며 말했다.

"그러시군요. 하지만 이것은 수선이 필요합니다. 선불리 내보낼 수 없답니다. 설마 제 판단을 무시하려는 건 아니시겠지요.”

부드러운 말투 끝에 음산한 기운이 새어 나왔다. 사람들은 서로 눈치를 보더니 앞다투어 말했다.

"그럼 고치시고, 나에게 제일 먼저 보내 주시오.”

"어흠, 차례야 뭐 형설 선생이 알아서 잘 정하시겠지요. 후원금은 넉넉히 보내겠습니다.”

"다들 사정이 있으신 거 제가 잘 알지요. 너무 기다리시지 않게 일정을 잘 짜 보겠습니다.”

어스름바치는 그 사람들과 태연하게 대화를 나누었다. 그 사람들은 어스름바치에게 살살거리긴 해도 무서워하지는 않았다. 어스름을 보지 못하니까 무섭지도 않은 것이다.

그들이 세척실을 나가자마자 풍산이 바닥에 바짝 엎드렸다.

"어르신, 저희는, 그러니까…… 저, 이 아이는 땅거미꾼인데, 어, 이번에 저희가 실수를 해서…….”

"그래, 알고 있으니 더 말 안 해두 된다. 허허, 그리 떨 것 없다.”

어스름바치가 웃으며 말했다. 그래도 풍산은 고개를 들지 못

했다.

"저건 왜 여기에 있지?"

어스름바치는 바닥에 굴러다니는, 아까 내가 누군가의 뒤통수에서 떼어 낸 어스름 덩어리를 가리켰다. 별하가 서둘러 대답했다.

"제가 잘라 낸 것입니다. 위험한 행동을 하는 이가 있어 떼어 냈습니다. 처리하겠습니다."

사람에게서 뗄 수 있다는 걸 감추라던 별하의 경고가 떠올랐다. 감춰야 하는 대상이 바로 이자였다. 어스름바치는 휠체어 옆에 걸려 있던 주머니를 꺼내 열었다. 별하는 잽싸게 바닥의 어스름을 주워 그 주머니 안에 넣었다.

어스름바치는 주머니를 이리저리 주무르며 내 쪽을 보았다. 어스름바치와 눈이 마주치자 온몸에 소름이 쫙 돋았다. 어스름 덩어리에 파묻힌 두 눈은 섬뜩하게 반짝였다. 어스름으로 인간을 만들다가 실패해서 나온 결과물, 세상에 있어서는 안 될 끔찍한 혼합종 같았다.

어스름바치는 나를 잘 아는 것처럼 말했다.

"이리 많이 자랐구나. 스티커를 받으러 온 것이냐? 안됐지만 그럴 수 없다. 네 부모가 약속한 어스름을 받지 못했으니."

이건 또 무슨 소리지. 가져갔으면서, 그것도 많이! 내뱉고 싶었지만 턱이 저절로 덜덜 떨려서 나는 이를 악무는 것밖에 못했다.

내 침묵을 어떻게 해석했는지 어스름바치가 말했다.

"그래, 네 부모는 땅거미꾼의 수칙을 어겼지. 하지만 어찌 비난할까. 그 무엇이 자식의 안위보다 중요하겠느냐."

그 말이 내 머리를 후려쳤다. 머릿속이 뎅뎅 울리고 누가 심장을 쥐어짜는 것처럼 아팠다. 자식의 안위라니? 엄마 아빠에게 자식은 나 하나뿐인데.

"벌써 15년 전이구나. 어찌나 가엾던지. 그들은 자식이 아픈 이유를 몰랐어. 왜 어스름이 숨통을 죄듯 아기의 얼굴을 덮는지 몰랐지. 떼고, 또 떼었다. 자지러지는 아기를 달래며, 자신들의 고통은 차마 입 밖에 내지도 못하고. 내가 갔을 땐 몸도 마음도 너덜너덜해진 상태였어."

매찌의 아이 같았다는 소리였다. 바로 내가.

"그들은 못 보지만 나는 보았다. 아기의 얼굴에 난 틈을. 깊고 깊어 끝이 들여다보이지 않을 정도의 틈이었다."

틈? 나는 무의식적으로 얼굴을 만졌다. 그러나 얼굴은 평소와 같았다. 아무 흠도 틈도 만져지지 않는, 평범한 내 얼굴이었다.

"틈에는 어스름이 모인다. 얕은 틈이라면 저절로 막히기도 하겠지만 그리 깊은 틈을 어찌 막을까. 방법은 하나뿐이었다. 틈의 겉을 덮어 막는 것. 재료는 물론 어스름이었지. 잘 삭힌, 매립장의 어스름. 그토록 진하고 순수한 어스름이라니. 지금 생각해도 놀랍구나."

어스름바치는 감탄하듯 숨을 길게 내쉬었다.

"내가 무리한 요구를 한 건 아니야. 스티커를 만들어 네게 붙인 대가로 그 순수한 어스름을 조금 달라고 했지. 그걸로 이것을 만들었단다. 네 덕에 만든 것이나 다름없지."

어스름바치가 예나를 가리켰다. 예나가 흠칫 몸을 떨었다.

"네 부모는 그 뒤로 나를 모르는 척하더구나. 수칙을 어겼으니 두려웠겠지. 그런데 이번에는 네 부모가 먼저 나에게 연락을 해 왔단다. 네게 붙은 스티커를 새것으로 바꿔 달라고. 그래, 이렇게 컸으니 헌것으로는 감당이 안 될 만해. 이번에도 어스름을 주겠다고 하더구나, 매립장의 어스름을."

의문이 풀렸다. 왜 엄마 아빠가 어스름바치에게 열쇠를 넘기고 집을 비웠는지 알게 되었다. 그러나 하나도 시원하지 않았다. 머릿속은 뒤죽박죽이고 심장이 꽉 조여들었다.

"여기까지 온 정성을 봐서, 새것을 붙여 주마."

어스름바치가 입을 딱 벌렸다. 시꺼먼 어스름 덩어리가 갈라지듯 열리고 시뻘건 입과 하얀 치아가 드러났다. 끔찍하고 역겨운데도 눈을 뗄 수가 없었다.

어스름바치는 줄곧 주무르고 있던 주머니에서 어스름을 한 움큼 꺼내 입안에 넣고 우물거렸다. 그러더니 침과 함께 납작한 조각을 뱉어 냈다. 예나의 하얀 스티커와는 달리 색이 칙칙하고 모양도 비뚤었다.

"먼저 헌것을 떼자꾸나."

어스름바치가 내 얼굴에 손을 뻗었다. 차가운 손가락이 내 얼굴을 스치고, 탁, 뭐가 떨어져 나가는 느낌이 났다. 그러자마자 마치 짐승이 털을 세우듯 어스름바치에게 붙어 있던 어스름이 일제히 부풀어 넘실거리기 시작했다.

"허허, 네 틈에 반응하는구나. 정말로 깊고 특별한 틈이야."

어스름바치가 웃었다. 도망치고 싶은데, 몸이 꼼짝을 안 했다. 보이지 않는 바위가 무겁게 나를 짓누르는 듯했다. 그는 여유롭게 내 오른뺨에 그 조각을 붙였고, 바로 자극이 왔다. 얼굴이 미친 듯이 가렵고 아팠다. 기도가 좁아지고 숨이 막혔다. 눈물이 절로 쏟아졌다. 너무 무서웠다. 스티커를 떼려고 얼굴을 마구 긁어도, 내 손에는 아무것도 잡히지 않았다.

"소요야!"

눈물 어린 시야로 새파랗게 질린 예나가 보였다.

"조금만 참아, 이거 떼고 내가 다시 붙여 줄게."

예나가 내 얼굴을 어루만지자 겨우 숨이 쉬어졌다.

"기억을 담은 스티커는 안 맞는구니. 흥미로워."

어스름바치가 말했다.

"어르신, 그만 이 땅거미꾼을 보내 주십시오. 앞으로도 그들에게 받을 게 있지 않습니까. 너무 자극했다가는 그들과 영영 사이가 틀어져 버릴 겁니다."

별하가 긴장된 표정으로 나섰다. 어스름바치는 그 말을 가볍게 무시하고 주머니에서 더 큰 어스름 덩어리를 꺼내 들었다.

"스티커 말고 다른 방법도 있지. 틈을 막는 게 아니라 채우는 거다. 이 깊은 틈에 어스름이 얼마나 많이 들어갈까?"

그때 예나가 강한 힘으로 날 일으켰다. 그러고는 내 손을 붙들고 앞으로 뛰어나갔다. 우리는 세척실을 나가, 수장고의 진열장 사이로 달렸다. 그러나 바깥으로 나가는 길을 찾지 못했다. 아까와 달리 바닥의 조명이 다 꺼져 있었던 것이다. 빛을 발하는 소장품들 덕에 사방이 희미하게 밝았지만 어느 쪽이 문인지는 알 수 없었다.

"쉿!"

우리는 몸을 숙여 엎드렸다. 저편 어딘가에서 형설의 목소리가 들려왔다.

"네가 어떻게 달라질지 궁금하지 않으냐? 그 틈은 네 약점이 아니야, 틈 덕에 너는 더 강해질 수 있다. 내가 그렇게 만들어 주마."

틈. 내 얼굴에 나 있다는 그것. 나는 오른뺨을 어루만졌다.

"만지지 마!"

예나가 놀라 내 손을 붙들었다. 그러나 이미 늦었다. 내 손가락 끝에 예나의 스티커가 걸려 떨어져 버렸다. 급히 만드느라 접착력이 약했던 것이다.

그 순간, 우리 옆의 진열장이 지진이라도 난 듯 덜컹거렸다. 그 안의 뭔가가 유리를 두드렸다. 당장이라도 튀어나올 듯이, 나를 덮칠 듯이.

"으악!"

나는 비명을 지르며 튕기듯 일어나 앞으로 달렸다. 그러곤 곧, 뭔가 딱딱한 것에 부딪쳐 바닥에 쓰러지고 말았다. 어스름바치 형설이 나를 내려다보며 껄껄 웃었다.

"그래, 기꺼이 내 어스름을 주마."

어스름바치는 한 손으로 내 얼굴을 붙들었다. 나는 몸부림쳤다.

"놔요!"

그러나 어스름이 붙은 그의 팔은 쇳덩이처럼 무거웠다. 그는 다른 손으로 자기 어깨에 달린 어스름 덩어리를 떼어 내 뺨에 대고 눌렀다. 차가운 젤리 같은 것이 내 얼굴에 스며들었고, 저항할 수 없는 졸음이 밀려왔다. 팔다리의 힘이 풀렸다.

"소요야! 정신 차려! 소요야……!"

예나의 목소리가 멀어졌다. 끈적끈적한 늪에 얼굴까지 잠기는 듯한 순간, 찢어지는 것처럼 요란한 소리가 울려 퍼졌다. 어딘가에서 경보가 울리고 있었다.

"하필이면."

어스름바치가 내 얼굴에서 손을 뗐다. 나는 무겁게 감기는 눈을 뜨려 애썼지만 실패했다. 시끄러운 경보음 사이로, 사람들이 소리치는 게 들렸다. 위험, 파손, 대피…….

아, 몰라. 나와는 상관없어. 막 잠이 들려고 하는데 누가 나를 일으켰다.

"김소요, 정신 차려!"

나는 양쪽 팔을 붙들린 채로 끌려갔다. 반쯤은 잠들어 꿈속을 걷는 기분이었다.

"소요야, 자면 안 돼. 어? 눈 떠!"

예나가 내 귀에 대고 말했다. 눈을 뜨려 했지만 도저히 안 됐다. 그저 어디 눕고만 싶었다. 잠들고 싶었다. 졸려 죽겠는데 걸어야 하는 게 억울하기만 했다.

"이쪽이야!"

이건 제하 목소린데……. 단단한 손이 내 팔을 잡았고, 나를 어디에 앉혔다.

"빨리 가요!"

내 옆에 앉은 제하가 외치자 자리가 덜컹거렸다. 차를 탄 모양이었다. 어스름에 눌렸던 얼굴이 아프기 시작했다. 아니, 온몸이 아팠다. 머리가 깨질 것 같고 속이 뒤집혔다.

"멀미 나? 토할 거 같아?"

예나가 걱정스럽게 물으며 내 손을 주물렀다.

"병원으로 갈까요?"

앞에서 아는 목소리가 들렸다. 박 주무관이구나……. 안심을 한 순간, 토기가 솟구쳐 나는 목 안을 채운 것을 뱉어 냈다. 어스름 덩어리였다. 제하가 다급하게 말했다.

"아니요, 병원 말고요, 저기, 남대문시장 쪽으로 가 주세요!"

"소요야, 다 뱉어. 어? 토해 버려!"

예나가 내 등을 문질렀다. 그러나 목과 가슴에 꽉 막힌 것은 더 나오지 않고 갑갑하기만 했다.

"우리 집 차를 마셔야 해. 누나랑 거래하는 가게로 갈 테니 조금만 참아."

토하지도 삼키지도 못하는 상태로 버텼다. 마침내 차가 멈췄고, 나는 제하에게 업힌 채 어딘가로 들어갔다. 그리고 주는 대로 계속 차를 마셨다. 몇 잔이나 마셨을까, 그다음은 토해 냈다. 새까만 어스름이 끝도 없이 나왔다.

"자꾸 헛구역질만 하는데, 병원 안 가도 돼요?"

박 주무관이 초조하게 묻는 소리가 들렸다. 헛구역질이라니……. 헛웃음이 나올 정도로 나아진 후에, 나는 기절하듯 잠에 빠졌다.

여긴 어디지. 연노랑빛 커튼을 친 창문으로 빛이 스며 들어왔다. 노랑과 주황빛의 따뜻한 색깔로 채워진 아늑한 공간이었다. 탁자와 의자들. 찻집 같았다. 나는 긴 소파에 누운 채였고 제하는 바닥에 깐 매트 위에서, 예나는 의자를 붙여 만든 자리에서 웅크려 자고 있었다.

주방 쪽에서 치즈 고양이 한 마리가 소리 없이 걸어왔다. 뒤따라 한 사람이 나타났다. 긴 머리를 하나로 묶어 늘어뜨린, 차분해 보이는 젊은 남자였다. 다하 언니랑 느낌이 비슷했다.

"마셔요."

그 사람이 또 차를 따라 주었다. 내가 연달아 석 잔을 다 비우자, 찻집 주인은 내 눈을 주의 깊게 들여다보았다.

"많이 빠졌군요."

차 덕분인지, 아니면 어스름을 뱉어 내선지 지난밤처럼 막 몸이 아프진 않았다. 다만 명치 안에 작은 돌이 박힌 듯 불편했다.

"어…… 김소요."

제하와 예나가 부스스 일어났다. 찻집 주인은 제하에게도 차를 내주고 예나에게는 차 대신 사과주스를 주었다. 아침 식사라며 떡도 내왔다.

"박 주무관님은 새벽까지 있다가 출근하러 가셨어. 나도 그제야 눈 좀 붙였고."

제하는 차를 마시며 어제의 상황을 말해 주었다. 예나를 찾아온 사람들이 세척실로 몰려 들어가고, 밀려난 제하는 어떻게 해야 할지 몰라 그 앞에서 발만 구르고 있었다고 했다. 그러다 박 주무관과 마주쳤다.

"아무래도 마음에 걸려서 우리를 찾고 있었대. 사람들이 지하로 몰려가는 걸 보고 따라 내려왔고. 차가 있다기에 주무관님께 도와 달라고 했지. 덕분에 빨리 거길 떠날 수 있었어."

"그 경보 소리는 뭐야? 네가 낸 거야? 어, 너 손 왜 그래?"

제하가 뒤로 감춘 왼손에 붕대가 감겨 있었다. 제하는 별일 아니라고 했지만 내가 손등을 누르자 비명을 질렀다.

"아, 아프다고! 알았어, 말할게. 그, 뭘 좀 부쉈어."

뭘 좀, 그렇게 말할 정도가 아니었다. 제하는 수장고에서 소화기를 찾아내 소장품이 든 진열장의 유리를 내리쳤다고 했다. 강화 유리에 금이 가도록 세게. 경보가 울리자 더 많은 사람이 지하로 내려왔고, 혼란을 틈타 제하와 예나가 함께 나를 데리고 나올 수 있었다고 했다.

"많이 안 다쳤어. 긁혀서 피 조금, 멍 조금."

"진짜…… 미쳤냐?"

하지만 그만큼 미친 짓이 아니었다면 그 미친 어스름바치를 막을 수 없었을 것이다.

"아주머니랑 아저씨는 집에 오신 것 같아. 아까 문자 왔거든. 우리 둘 다 괜찮다고 말씀드렸어. 근데 집에는 오지 말라고 하시더라고. 전화해 봤는데 안 받으시네……."

제하는 내 눈치를 보며 말했다. 엄마와 아빠. 어스름. 어제 들은 이야기의 결론은 하나였다.

나 때문이었다. 나 때문에 엄마 아빠는 어스름바치에게 어스름을 넘겼다. 나 때문에 집을 비웠다. 어스름이 털린 것도, 예나가 그들의 손아귀에 들어가 위험에 처했던 것도 다 나 때문이었다. 나는 내 얼굴을 만졌다. 틈은 만져지지 않았지만 어스름바치가 내 뺨에 대고 어스름을 눌러 대던 그 느낌은 여전히 생생했다.

내 침묵이 길어지자 제하는 일어나서 괜히 찻집 안을 두리번거렸다.

"형, 나 아직 배고픈데 먹을 거 더 있어? 차는 지겨워. 이제 커피로 줘."

"그냥 차 마셔. 친구는 약과 줄까?"

찻집 주인이 소쿠리를 들고나와 예나와 나에게 약과를 건넸다. 나는 약과를 쥐고 깊게 심호흡을 했다. 하나씩 확인할 필요가 있었다. 나는 어스름바치가 했던 말들을 정리해 제하에게 들려주었다.

"내 얼굴에 진짜 틈이 있어? 제하 너는 알았어?"

심각하게 듣던 제하는 고개를 저었다.

"틈은 안 보여. 근데 우리 집 재료 달인 물 뒤집어쓰고 나서 안 보이던 얼룩이 나타났다고 했잖아. 얘기 듣고 보니 그게 혹시 틈 때문인가 싶네."

제하의 말에 예나가 화들짝 놀랐다.

"맞아, 그 물! 나도 그때야 알았어. 그 전엔 난 소요 네 얼굴에 틈이 있는지도, 어스름바치의 스티커가 붙어 있는지도 몰랐어."

그 물은 얼룩을 지워 내고 어스름을 씻어 내는 원재료였으니, 어스름으로 만든 스티커가 약해져 틈이 드러났던 것이다. 예나가 내게 물었다.

"매립장의 어스름이 네 틈에 반응했던 것 기억나? 무섭게 몰려와서, 내가 스티커를 덧붙여서 네 틈을 막았어. 어제 어스름바치에게 붙은 어스름도 그 틈 때문에 움직인 거야."

나를 향해 넘실거리던 어스름 덩어리들, 부서질 듯 흔들리던 진열장. 얼음물을 뒤집어쓴 듯 쭈뼛 소름이 돋았다. 찻집 주인은 내 잔에 따뜻한 차를 더 따라 주었다. 나는 찻잔을 쥐고 몸을 수그렸다. 예나가 내 등을 가만히 쓸어 주었다.

"와, 도대체 틈이 뭔데?"

제하가 답답하다는 듯 가슴을 쳤다. 답답한 건 나도 마찬가지였다. 남들이 보지 못하는 걸 보는 것에나 익숙했지, 못 보는 것이 있다는 건 어색하고 생소했다.

"작게는 칼집 같고, 큰 건 싱크홀 같기도 해. 깊고 넓은 틈은 위험해. 자칫하다가 닿으면 크게 상처를 입을 수도 있어."

예나는 그런 틈을 피해 다녔다. 나와 같이 놀 때 가끔 길을 돌아간 것도, 자전거를 타고 한강 변으로 나가지 못한 것도 그런 이유였다.

"사람에게도 틈이 있지만 보통은 얕아서 별문제 없어. 소요처럼 깊은 틈이 사람에게 있는 것은 처음 봤어."

"틈을 보는 사람이 너 말고 또 있어?"

"내가 알기로는 한 명뿐이야. 어르신……. 어스름바치 형설."

제하의 질문에 예나는 그 이름을 괴롭게 뱉었다. 그 어스름 덩어리 인간이 떠오르자 목뒤가 오싹했다.

"휠체어 탄 그 사람? 와, 얼룩이 엄청나던데. 스치듯 옆모습만 봤는데도, 진짜 끔찍했어."

제하가 눈살을 찌푸렸다.

"어스름바치 형설은 가장 뛰어난 조형사 중 하나야. 그가 두각을 드러내기 전까지 어스름은 다른 재료에 혼합해 쓰는 양념 같은 부재료일 뿐이었대."

예나가 말했다. 어스름바치는 그 숫자도 적고 존재감도 없다시피 했다. 그러다 형설이 어스름으로 온갖 놀라운 결과물을 만들어 내어 엄청나게 많은 후원자를 끌어들였고, 그로 인해 어스름 바치의 위상도 높아졌다.

"……그 결과물 중 하나가 나야."

예나에게는 어린 시절의 기억이 없었다. 세척될 때마다 몇 년 치의 기억이 사라져서, 어릴 적에 어땠는지는 기억나지 않는다고 했다.

"아마 언제나 똑같았을 거야. 시키는 대로 가서, 붙이라는 걸 붙이는 거."

예나는 형설에게서 스티커 만드는 법을 배웠고, 곧 형설보다 더 잘 만들게 되었다. 예나는 형설이 보내는 곳으로 가서 기억을 담은 스티커를 붙였다. 붙이기만 할 때도 있고, 며칠에서 몇 주씩 머무르며 기억을 조작하기도 했다.

"처음엔 가족을 잃거나 아픈 사람을 위해 붙였어. 하지만 점차 내용이 달라졌어."

예나가 붙이는 기억에 따라 누군가는 누명을 쓰고, 누군가는 폭력을 저지르고, 누군가는 일자리에서 쫓겨났다. 거짓을 진짜로 믿게 만드는 일을 하는 게, 예나는 너무나 괴로웠다고 했다. 예나를 괴롭게 한 것은 그것뿐이 아니었다.

"인간에게 붙인 스티커에서는 어스름이 자라. 주변 어스름들을 끌어들이는 것도 같고, 말 그대로 버섯이나 곰팡이처럼 자라

나는 것 같기도 해."

 스티커에서 어스름이 자란다는 걸 알게 된 형설은 자신에게 직접 스티커를 붙여 어스름 덩어리를 갑옷처럼 뒤집어썼다.

 "형설은 어스름이 자기를 보호해 준다고 했어. 헛된 감정에 휘둘리지 않고 이성적인 판단을 할 수 있게 해 준다고. 어스름 덕에 기술을 연마하고 펼치는 일에 집중할 수 있다고."

 어스름을 재배하기 위해 형설은 예나에게 또 다른 짐을 지웠다. 회사나 가게가 많은 장소에 가서 일하는 사람들에게 무작정 스티커를 붙이도록 한 것이다.

 "아무거나 나쁜 기억을 붙이라는 거야. 배신당하거나 맞았거나 실패한 기억 같은 거, 안 좋은 거. 그런 스티커에는 어스름이 더 빨리 자라고 붙거든."

 "혹시 인사동에서 붙였어? 김소요, 우리 인사동에서 본 그 사람들! 어쩐지 이상하더라, 완전 숙주네!"

 제하는 흥분해서 말하다가 찻잔을 엎질렀다. 주인이 묵묵히 흘린 차를 닦아 냈다. 예나는 죄지은 사람처럼 고개를 숙이고 힘겹게 말을 이었다.

 "……나는 그렇게 키워 낸 어스름을 흡수했어. 그래야 스티커를 만들 수 있으니까. 삼키고 싶지 않았어. 사람들을 괴롭히면서 억지로 길러 낸 어스름이잖아. 너무 싫었어. 하지만 싫어도 어쩔 수 없었어."

예나는 달리 뭘 어떻게 해야 하는지 몰랐다. 그렇게 살아왔으니까, 다른 가능성 같은 건 모르니까. 다른 길이 있을 수도 있다는 걸 예나에게 알려 준 건 어느 가족이었다.

"그 집에서 나는 세상을 떠난 아이 역할을 했어. 막내 손녀의 죽음으로 너무 큰 충격을 받은 할머니를 위해서, 할머니에게 기억을 붙이고 손녀처럼 행동했어."

예나는 다른 가족들에겐 굳이 스티커를 붙이지 않았다고 했다. 가족들은 모두 예나에게 맞춰서 연기를 해 주었다. 엄마처럼, 아빠처럼, 언니들처럼.

"나는 거기가 좋았어. 진짜 가족이 된 것 같았어. 할머니가 주무시고 나면 다들 내게 오늘도 수고했다고, 미안하고 고맙다고도 했어."

그러나 끝이 정해진 행복이었다. 예나의 '대여 기간'이 끝난 것이다. 예나는 어스름바치에게로 돌아가고 싶지 않았다. 또 다른 곳에 붙어서 기억을 조작하고 싶지 않았다. 그리고 그 가족은 예나의 마음을 이해했다.

"엄……마가……."

예나는 그 단어를 아프게 발음했다.

"수거 전날에 알려 줬어. 조형사들이 와서 데려가기 전에 가고 싶은 곳으로 가서 하고 싶은 걸 하면서 살라고. 근데 나는, 그냥 거기서 살고 싶었는데……. 그게 내가 하고 싶은 일이었는데…….”

예나는 조형사들에게서 도망쳤다. 그러나 가족도 친구도 없이 홀로 살아가는 건 결코 쉽지 않았다. 더 이상 인간에게서 뗀 어스름을 흡수하지 않겠다고 결심했기에 더 어려웠다. 예나는 자기 살을 깎아 먹듯 스스로를 소진해 최소한의 스티커를 만들었고, 기억을 많이 조작할 수 없으니 한곳에서 오래 머물지 못했다.

"나도 형설과 똑같아. 내가 원하는 걸 얻기 위해 스티커를 붙이고 기생한 거야."

"네 잘못이 아니야."

나는 잘게 떨리고 있는 예나의 손을 잡았다. 울지 않는 예나를 대신해서 나라도 울고 싶었다.

"어, 근데 김소요 얼굴에 붙은 스티커에서는 왜 어스름이 안 자라는 거야? 기억을 안 담아서 그런 건가?"

제하가 물었다. 나는 보이지 않는 스티커가 붙어 있는 내 얼굴을 무심코 어루만졌다.

"나도 모르겠어. 소요는 신기해."

예나가 새삼스레 내 얼굴을 들여다보았다. 나는 예나의 얼굴을 마주 보았다. 어스름 한 점 붙지 않은 그 맑은 얼굴이 지금은 너무 쓸쓸해 보였다. 나는 어렵게 입꼬리를 올려 웃었다. 웃는 얼굴을 보여 주고 싶었다. 하지만 예나는 마주 웃지 못하고 눈을 내리깔았다.

제하의 핸드폰이 울렸다. 귀찮은 기색으로 화면을 본 제하가 펄쩍 뛰며 내게 핸드폰을 내밀었다.

"김소요! 아주머니 전화야, 받아 봐!"

"제하니? 소요야? 소요 맞지? 괜찮은 거야?"

지지직거리는 잡음 사이로 엄마의 목소리가 들렸다. 눈물이 날 것 같았다.

"……미안해요……. 나 때문에 매립장이 그렇게 되어서……."

"아니, 절대 아니야! 소요야, 그런 생각하지 마! 여기는 우리가 수습할 테니까, 제하랑 다른 데 가 있어. 인천 이모네 알지? 엄마가 연락해 둘 테니까, 그리로 가."

"집에 가면 안 돼?"

"지금은 곤란해. 엄마 아빠가 해결할 때까지 오면 안 돼. 알겠지?"

"거기, 선환청이라는 곳에 연락은 했어?"

"그게 뭔지 우리도 몰라. 너무 오래된 수칙이라 연락이 안 돼. 소요야, 엄마 아빠가 알아서 처리할 테니까 너는 더 신경 쓰지 말고……."

"뭘 하는 건데? 가까이 가면 위험하다면서! 나도 가서……."

"안 돼!"

엄마가 큰 소리를 냈다.

"넌 여기 오면 안 돼, 위험해! 절대 오지 마!"

전화가 끊어졌다. 일부러 끊은 것인지도 몰랐다. 나는 황망한 심정으로 핸드폰을 내려다보며 앞뒤를 맞춰 보았다. 수칙에 따르면 매립장이 비면 당장 그 자리를 벗어나야 한다. 매립장은 쓰레기장이나 다름없는데, 쓰레기장에서 쓰레기가 사라진 것이 왜 해결해야 할 문제가 되는 거지? 매립장의 위치를 바꿀 수 없는 이유는 또 뭐고?

'……어스름은 틈에 모인다.' 어스름바치 형설이 했던 말이 벼락처럼 떠올랐다.

"예나야, 혹시 매립장도 틈이야?"

예나는 고개를 끄덕였다.

"그때 밀려 나오는 어스름 뒤로 틈을 봤어. 엄청 큰 틈이었어. 잠깐, 거기 너희 부모님이 계신 거야? 그런 데는 사람이 있으면 안 돼, 위험해!"

매립장의 어스름이 사라져 드러난 틈에, 엄마 아빠가 있다. 나는 오지 말라고 할 정도로 위험한 곳에. 엄마 아빠가 정말 수습하고 해결할 수 있을까? 나는 머리카락을 막 헝클였다.

"다 나 때문이야."

얌전히 대전에 따라갈걸, 조형사들이 어스름을 가져가도록 냅둘걸. 그랬다면 일이 이렇게 커지지 않았을 텐데. 그때 예나가 내 어깨에 손을 얹었다.

"내가 그 틈을 막을 수 있을 것 같아."

예나가 결연한 표정으로 말했다.

"……스티커를 만들려면 어스름을 먹거나 네 일부를 써야 한다며."

예나가 싫어하는 일을 억지로 시키기는 진짜 싫었다. 예나는 어딘가 위태로워 보이는 미소를 지었다.

"너희 집은 달라. 매립장이었던 곳이잖아. 할 수 있을 것 같아."

"그럼 일단 가서 생각하자. 가자."

제하가 벌떡 일어났다.

우리는 바로 나오려 했지만 찻집 주인이 말렸다.

"어젯밤부터 낯선 사람들이 누굴 찾는다며 이 근방을 돌아다닌다는구나."

예나를 손에 넣으려는 그 사람들이 여기까지 온 것일까? 주인은 근처 골목 입구까지 택시를 불러 주었다. 찻집 앞 골목은 너무 좁아서 차가 들어올 수 없었다. 우리는 가게 안에서 대기하다가 택시가 골목 앞에 도착하자마자 달려가 차에 올랐다.

그러나 꼬리를 밟히고 말았다.

"거기! 너희! 멈춰!"

검은 정장을 입은 사람들이 달려왔다. 멈추라면 멈추겠냐! 택시가 출발해서 안심한 것도 잠시뿐이였다. 검은 차 두 대가 우리를 따라오기 시작했다. 제하가 연신 뒤를 돌아보며 택시 기사에게 물었다.

"기사님, 저 차들요, 어떻게 못 따돌려요?"

"영화를 너무 많이 보셨네……."

택시 기사는 곤란해했다. 집에 가까워질수록 점점 초조해졌다. 이대로 집까지 갔다간 택시에서 내리자마자 잡힐 거다. 신호에 걸려 택시가 멈췄을 때, 나는 결단을 내렸다.

"여기서 내리자!"

"아이고, 학생들! 위험해요!"

기사에게 재빨리 지폐를 넘기고 우리는 우르르 택시에서 튀어나왔다. 무단횡단으로 도로를 건너 골목으로 들어갔다가, 빙 돌아서 도로 모퉁이의 캠핑용품 할인점으로 들어갔다. 급식실만큼 넓고 앞문 뒷문 다 있는, 높은 진열대 사이로 숨을 수 있는 장소였다. 거기서 한숨 돌리며 어떻게 할지를 고민했다. 큰길 따라 걸어서 가면 집까지 15분. 마을버스를 타면 5분도 안 걸린다. 하지만 섣불리 큰길로 나갔다간 잡힐지도 몰랐다.

그때, 내 핸드폰이 울렸다. 박 주무관이었다.

"몸은 좀 나아졌어요? 김소요 씨 부모님과 연락이 되어서 알려 드리려고요. 소요 씨 집에 가는 길인데, 오지 말라고 하셔서 어째야 할지……."

"어? 우리 동네에 계세요? 그럼 여기로 좀 와 주실 수 있으세요? '돌고래 캠핑용품점' 아세요?"

박 주무관은 10분도 되지 않아 가게로 왔다. 우리는 진열대 사이에 웅크리고 숨어 있다가 박 주무관을 손짓해 가까이 불렀다. 박 주무관은 몸을 숙이고 작은 목소리로 물었다.

"왜 숨어 있어요? 오늘 이 동네 진짜 복잡하네요. 요 앞에 경찰이 쫙 깔렸어요. 차 검문까지 하더라고요."

"경찰이요? 까만 정장 입은 경호원들 말고요?"

"실종 신고가 들어왔다는데, 무슨 높은 분 손녀래요. 이 동네에서 본 게 마지막이라고 해서 급하게 찾고 있다는데……. 어!"

박 주무관이 놀란 표정으로 예나를 가리켰다.

"그 실종자 사진! 어쩐지 본 사람 같더라!"

우리는 박 주무관에게 예나가 쫓기고 있다는 것을 간략하게 설명했다. 박 주무관은 불이라도 뿜을 듯 분노했다.

"진짜 할아버지가 아니라고요? 이럴 수가! 이건 미성년자 약취 유인이에요! 당장 신고합시다! 보호자 연락처 좀 주세요!"

"……없어요."

예나가 고개를 저었다. 박 주무관이 더 캐묻기 전에 나는 본론을 꺼냈다.

"빨리 우리 집으로 가야 해요. 경찰이나 다른 사람들한테 잡히지 않고서요. 도와주실 수 있으세요?"

"어스름 문제인가요?"

"네……."

어스름을 보지도 못하는 이 사람이 이 긴박한 상황을 이해할 수 있을까. 그런데 박 주무관은 힘차게 대답했다.

"당연히 제가 도와야죠! 제가 비록 어스름을 보지는 못하지만, 그게 중요하다는 건 잘 압니다. 소요 씨 부모님께 배웠어요. 제가 맡은 일인 이상 최선을 다하겠습니다!"

시선을 끌지 않고 어떻게 우리 집까지 갈까. 차로? 그러다 검문에 걸리면? 막막한 그때, 박 주무관이 아이디어를 제시했다. 오직 박 주무관만이 할 수 있는 방법이었다.

"집에서 집으로 건너가면 돼요. 골목을 지나지 않고도 갈 수 있어요!"

내가 태어나 열여섯 살이 되도록 죽 살아온, 알 만큼 안다고 생각한 이 작은 동네를 박 주무관은 다른 방식으로 잘 알고 있었다.
"여기 바로 뒷집에 제가 아는 분이 사시거든요? 잠깐만요, 연락 좀 해 볼게요. ……목련꽃 님, 저 지금 댁으로 가도 돼요?"
목련꽃님은 나도 얼굴을 잘 아는 무뚝뚝하기 짝이 없는 동네 할머니였다. 박 주무관과는 주민 센터 요가 수업에서 알게 된 사이라고 했다. 우리는 캠핑용품점 후문으로 나와 목련꽃 할머니 집 대문으로 들어갔다. 거기서 담 너머 옆집은 목련꽃 할머니의 노인정 절친 집이었고, 외벽 계단을 타고 옥상으로 올라가 옆집으로 건너갔더니 그 절친과 같은 고향 사람이 사는 빌라가 나왔다.
그렇게 우리는 박 주무관이 아는 사람의, 아는 사람의, 아는 사람이 사는 집을 따라 이동했다. 복잡하게 돌고 꼬였지만 꾸준히 목적지에 가까워지는 길이었다.

어느 집에서는 현관으로 들어가 신발을 벗어 들고 거실을 가로질러 뒷문으로 나오기도 했다. 거실에서 바둑을 두던 할아버지가 아무렇지도 않게 인사를 건넸다. 또 어느 집에서는 제하를 알아본 아주머니가 할머니 가져다드리라며 마른 멸치를 챙겨 줬다.

엄청나게 보호받는 느낌이었다. 믿을 데라곤 없고 우리끼리 알아서 해결해야 한다고 생각했는데. 이렇게 도움을 받을 수 있을 줄은 정말 몰랐는데. 그저 감사하다는 말만 반복했다.

밖으로 나와 골목을 지나야 할 때가 두어 번 있었지만 박 주무관이 망을 봐 준 덕에 우리는 들키지 않고 우리 집이 보이는 곳까지 도착했다. 마을버스 운전기사들이 사랑방으로 쓰는 편의점 옆 작은 컨테이너 사무실이었다.

"가서 어떻게 틈을 막으려고? 미리 계획을 세워 보자. 김소요는 여기 두고 가는 게 나을지도 몰라. 괜히 틈에 가까이 갔다가 문제가 생길 수도 있잖아."

제하의 말에 예나는 고개를 가로저었다.

"나만 보내 줘. 내가 알아서 할게."

뭔가 이상했다. 예나 혼자서 뭘 할 수 있다는 거지? 갑자기 불안해졌다. 예나가 만드는 스티커는 작고 우리 집 매립장에 난 틈은 크고 깊다는데, 어떻게 막으려고? 재료가 되는 어스름도 없는데.

"내가 붙으면 돼."

예나가 조용히 말했다.

"나는 그 매립장의 어스름으로 만들어졌어. 내가 붙으면 틈을 막을 수 있을 거야."

무슨 소린지 잘 이해가 되지 않았다. 예나가 붙으면, 예나는 어떻게 되는 건데?

"왔던 곳으로 돌아가는 것뿐이야. 처음부터, 나는 존재해선 안되는 거였어."

예나의 얼굴은 평온했다. 그러나 눈에 눈물이 고이는 것까지 참진 못했다. 예나는 작별 인사를 하듯 말했다.

"소요야, 너랑 있는 동안은 즐거웠어. 우리 가족하고, 너하고 있었을 때만 진짜로 사는 것 같았어. 진짜 추억을 만들어 줘서 고마워."

"예나야, 안 돼……."

예나를 보내면 매립장의 틈은 막아질지도 모른다. 그럼 엄마 아빠를 위험에서 구할 수 있다. 그러나 예나가 그 틈에 붙었다가 뭉개진다면? 상상도 하기 싫었다.

틈과 어스름, 예나와 엄마 아빠……. 숨이 막혔다.

"저기, 무슨 일인데요?"

박 주무관이 눈을 동그랗게 뜨고 물었다. 제하가 상황을 설명하자 박 주무관은 별로 놀라는 기색도 없이 가방에서 서류철을 꺼내 들었다.

"제가 찾아낸 매뉴얼이 있는데요, 어디 보자, 그 경우에는 선환청에 연락을 하라고 되어 있네요?"

"거기가 어딘지 몰라서 그래요."

"여기 연락처가 있어요."

박 주무관이 언제 만들어졌는지 모를, 잘못 만지면 파삭 바스러질 것 같은 빛바랜 종이를 내밀었다. 정말로 타자기로 친 글자 옆에 전화번호가 적혀 있었다.

"어? 어!"

바로 걸어 봤지만 없는 번호였다. 박 주무관은 포기하지 않고 검색을 하고 동료들에게 전화도 걸었다. 검색으로 나오는 건 없고 전화받는 사람마다 모르겠다고 해도, 박 주무관은 끈질기게 탐색을 이어 갔다.

"아, 그 번호 남겨 둘걸! 매찌는 알지도 모르는데!"

후회하며 핸드폰을 들여다보던 제하가 화들짝 놀라 내게 화면을 보여 줬다.

"이거 조형사들 아니야?"

제하 친구의 SNS에 방금 업로드된 사진이었다. '우리 동네 사극 촬영함?' 동네 빵집을 배경으로 찍힌 건 조형사들이 맞았다.

사진 속 낯선 얼굴들 사이에 별하가 있었다.

"왜 온 거지? 예나를 찾으러?"

뭔가 이상했다. 예나가 여기 있다는 걸 조형사들이 알았을까? 예나를 노리는 자들은 어스름바치 형설에게 거절당했다. 그러니 예나를 뒤쫓고 있다는 걸 조형사들에게 알리지 않았을 것이다. 그런데 저들이 왜 여기 있을까.

잠깐, 조형사들이 뭐랬더라? 별하가 벌로 어스름을 모으고 있던 것, 형설이 약속한 어스름을 받지 못했다고 했던 것…….

"우리 집에서 나온 어스름을 가져가지 못했던 거야. 아직 이 동네에 어스름이 있는 거야!"

전율이 일었다. 그렇다면 그 어스름을 찾아 다시 우리 집 매립장 틈에 넣으면 된다. 예나도 지키고 틈도 막을 수 있는 것이다!

"뭔가 알고 있나 봐. 이 사람들을 따라가 보자!"

제하는 전화를 하고 문자를 하고 디엠을 보냈다.

"부탁 좀 할게. 그 특이한 옷 입은 사람들이 어디로 가는지 좀 알아봐 줘, 들키지는 말고!"

제하가 관리했던 인맥은 놀라운 위력을 발휘했다. 조형사들에 대한 정보가 쏟아져 들어왔다. 그 애들은 소식만 전하는 게 아니었다. 모두가 제하를 걱정하고 있었다. 학교에 왜 안 왔냐고, 어디 아프냐고. 김소요는 왜 안 왔는지, 제하 친구인 나까지 걱정하는 애도 있었다. 인맥 같은 건 다 가식인 줄 알았는데.

심지어 한 명은 영상 통화로 조형사들이 놀이터 뒷산으로 올라가는 모습을 실시간으로 보여 주었다.

"애들더러 그만 따라가라고 해. 괜히 휩쓸리면 위험할지 몰라."

제하와 나는 서둘렀다. 예나는 두고 가기로 했다. 여전히 전화를 돌리고 있는 박 주무관에게 예나를 부탁하고도 마음이 안 놓였다. 나는 예나에게 당부했다.

"예나야, 진짜 여기에 있어야 돼. 절대 우리 집에 가면 안 돼. 틈에 붙을 생각은 하지 마. 알겠지? 약속해!"

"알겠으니까 이거 더 붙이고 가."

예나는 내 얼굴에 스티커를 붙였다. 어스름을 흡수하지도 않고 스티커를 만들어 내는 건 자신을 소진하는 일이라고 했지만, 이것도 못 하게 하면 예나가 더 힘들어할까 봐 말리지 못했다. 나는 신발을 고쳐 신고 예나와 눈을 맞췄다.

"어스름 가지고 올게."

제하와 나는 왔던 길대로 돌아가다가 중간에 골목으로 빠졌다. 뒷산으로 향하는 길은 여럿이고, 도서관 옆길로 가는 게 제일 빨랐다. 그러나 우리 계획은 시작부터 뒤틀렸다.

"거기, 학생, 좀 서 봐!"

예나를 찾고 있는 검은 정장 무리였다. 그중 한 명이 나와 제하를 유심히 바라보았다. 도망치면 너무 티가 날 거다. 어쩌지? 그때 아이들이 우르르 다가와 우리를 감쌌다.

"정제하, 김소요! 이게 다 무슨 일이야?"

제하 친구들이었다. 제하가 아이들에게 우리의 의도를 서둘러 전달했다. 저들이 보는 앞에서 도서관 옆길로 갔다간 산으로 가는 게 너무 티가 날 테니 그 길은 포기했다. 대신 언덕 위에 있는 아파트를 통해 가기로 하고, 우리는 꽁꽁 뭉쳐 언덕으로 향했다.

"이봐, 학생들! 좀 비켜 봐!"

"왜요, 우리 바빠요!"

그들이 끼어들려 했지만 스무 명가량 되는 애들을 흩어 놓을 도리는 없었다. 아이들은 시끄럽게 떠들며 발을 맞춰 언덕을 올랐다. 나는 그 한가운데에서 잘 모르는 애랑 팔짱까지 끼고 걸었다. 내가 사람들 사이에서 이렇게 부대껴 본 적이 있던가? 따뜻했다. 뭐든 할 수 있을 것 같았다. 무슨 일이 벌어질지 한 치 앞을 짐작할 수 없는데도.

하늘은 금방이라도 비가 올 듯 흐렸다. 어스름이 끼듯 사방이 어두워졌다. 우리의 목적지는 언덕 위 아파트 상가였다. 아이들과 함께 상가로 들어가는데, 끄트머리 몇 명이 잡혔다.

"왜 이래요, 여기 스터디 카페 갈 건데!"

아이들은 2층 스카 앞에서 그 사람들과 실랑이를 벌였다. 시끄럽다고 항의하러 나온 스카 사장님과 이용자들까지 뒤섞여 좁은 복도와 계단이 시장 한복판처럼 소란스러웠다. 그 틈을 타 나와 제하는 더 위층으로 올라갔다. 건물 4층은 더 높은 지대에 지어진 아파트 입구로 이어졌고, 주차장을 가로질러 아파트 후문으로 나오면 산자락의 공원이었다.

숲 놀이터와 자연 학습장이 있어 어린 시절부터 자주 올라와 놀았기에 제하와 나에게는 훤한 곳이었다. 시멘트를 덮어 만든 완만한 내리막길로 가면 지하철역으로 향하는 큰길이 나오고, 오른쪽 산길로 내려가면 도서관과 놀이터가, 왼쪽 산길로 조금만 올라가면 게이트볼장과 배드민턴장이었다.

갈림길에서 어디로 갈지 망설이는데, 게이트볼장 쪽에서 강아지를 산책시키는 사람들이 내려오고 있었다. 가까이 가자 투덜대는 소리가 들렸다.

"아유, 애들이 갑자기 다 같이 짖고 난리네요, 뭐 있는 것처럼."

"난 이럴 때 좀 무섭더라고. 어차피 비 쏟아질 것 같으니 들어가지, 뭐."

저쪽이다! 제하와 함께 게이트볼장 쪽으로 산길을 뛰어올랐다. 그리고 곧 어스름을 발견했다. 딱 한 번 봤지만 절대 잊을 수 없는, 매립장의 어스름. 새까맣고 거대한 어스름이 나뭇가지에 걸린 채 꿈틀거리고 있었다. 스스로 움직이는, 살아 있는 것 같은 어스름이라니…….

"김소요?"

제하가 내 팔을 붙잡고서야 나는 정신을 차렸다. 잠깐 어스름에 홀리기라도 했던 건지 그제야 나무 밑에 있는 조형사들이 보였다.

조형사들은 어스름을 잡기 위해 만반의 준비를 해 왔다. 나무 주변에 긴 막대를 세우고 반투명한 천막을 걸쳐 나무 전체를 덮는 중이었다. 사다리에 올라가 어스름을 재고 있는 건 별하였다.

나는 아무 계산도 없이 그리로 뛰어갔다.

"그거 우리 거예요!"

조형사들이 놀라 나를 돌아보았다. 별하가 눈을 질끈 감았다. 나는 천막으로 돌진했지만 그 천막은 나를 부드럽게 튕겨 냈다. 손에 잡히는 건 얇디얇은데 안으로 헤치고 들어갈 수가 없었다.

"우리 집 매립장에서 나온 어스름이에요. 우리가 가져갈 거예요."

"어스름에는 주인이 없다."

아빠 또래의 조형사가 말했다. 조형사들은 별하까지 모두 다섯, 제하와 내 힘으로는 빼앗을 수 없었다. 나는 간곡하게 매달렸다.

"당장 다시 매립장에 넣어야 해요. 그게 없어서 문제가 생겼다고요."

"어리석게 굴지 말아라. 청소부라면 다시 모으면 될 일이지."

쉽지 않을 줄 알았다. 별하는 우리를 모르는 것처럼 외면했다. 나도 그 애에게 알은체할 생각은 없었다.

"당신도 어차피 의심하고 있잖아요. 이걸 차지하기 찜찜하죠?"

제하가 그 조형사의 얼룩을 읽었다. 그 사람은 불쾌하다는 듯 얼굴을 찌푸렸지만 물러나지 않았다. 이 특별한 재료를 순순히 포기할 리 없겠지. 어떡하지?

막막해 미칠 것 같은 그때, 배드민턴장 쪽 계단에서 뜬금없는 것이 모습을 드러냈다. 검은 나무 가마였다. 네 명의 사람이 가마를 짊어지고 걸어 올라온 것이다. 그중 하나는 풍산이었다. 풍산은 나와 눈이 마주치고는 경기하듯 놀랐다.

가마를 본 조형사들은 모두 침묵했다. 긴장된 고요 속에 가마 문이 열리고 어두컴컴한 것이 모습을 드러냈다.

어스름 덩어리를 온몸에 주렁주렁 붙인, 어스름바치 형설이었다. 그를 보자마자 심장이 꽉 조여들고 식은땀이 흘렀다.

"굳이 어르신까지 오실 필요는 없었습니다."

나와 말씨름하던 조형사가 굳은 얼굴로 말했다. 형설은 들은 척도 하지 않고 나를 살폈다.

"어디 보자, 어스름을 다 뱉었구나. 아깝게도. 어디, 여기 이 순수한 어스름으로 다시 시도해 보겠느냐?"

미친 거 아냐? 욕을 뱉고 싶었지만 말이 목에 걸렸다. 이 사람이, 그의 어스름이 너무 무서웠다. 제하가 나를 가리듯 내 앞에 서서 속삭였다.

"내가 읽을게. 약점이 있을 거야."

말릴 틈도 없이 제하는 형설을 쏘아보았다. 말렸어야 했다. 저렇게 어스름이 붙은 사람의 얼룩을 읽게 해선 안 됐다. 제하는 몇 초 지나지 않아 눈을 감싸 쥐었다.

"제하야!"

나는 제하를 끌어안았다. 제하는 신음하면서도 계속 보려고 했다. 하지만 나는 제하의 눈을 가리고 팔에 힘을 주었다.

"어르신, 여기는 저희가 알아서 처리하겠습니다. 곧 비가 올 것 같으니 먼저 내려가시지요."

이제껏 조형사들 뒤에 서 있던 별하가 나섰다. 별하도 긴장한 기색이 역력했다.

"아니, 여기서 할 일이 있다."

형설이 대답했다. 조형사들은 불안한 눈빛을 주고받았다. 어스름 덩어리의 눈이 나를 향했다.

"네가 어렸다면 참으로 완벽한 재목이었을 텐데."

무슨 소리지? 곧 답이 도착했다. 가마가 올라온 길로 몇 사람이 헉헉대며 모습을 드러낸 것이다.

"제시간에 도착했구나."

형설은 가마에 앉은 채로 그들을 맞이했다. 어른 둘, 그리고…… 어른 등에 업힌 어린아이. 서너 살쯤 되어 보였다. 그 아이에게는 어스름이 딱지처럼 촘촘하게 붙어 있었다. 매찌의 아이와 비슷했는데, 다른 부위보다 팔과 등에 집중적으로 붙어 있었다. 거기에 틈이 있다는 뜻이었다.

풍산이 비명 같은 고함을 질렀다.

"어르신! 뭘 하시려고요? 안 돼요!"

그 말에 놀란듯, 아이를 업고 있는 남자가 한 발짝 물러섰다.

"위험하지 않다면서요……. 이게, 이게 정말 맞아요?"

옆에 선 노인이 매몰차게 대꾸했다.

"이 어르신 말만 들으면 더 이상 아프지도 않고 아주 귀한 인물이 될 거라는데! 뭘 그리 망설여!"

"하지만 아버지……."

젊은 아기 아빠는 눈물을 흘리며 아이를 품에서 놓지 못했다.

형설이 그들을 손짓해 불렀다. 노인은 머뭇대는 아기 아빠를 형설 앞까지 질질 끌고 왔다. 형설이 손을 내밀어 아기 아빠의 팔을 만졌다. 스티커를 붙인 것이다. 그는 멍해져서 아이를 형설의 무릎에 올려놓았다. 움찔움찔 팔을 움직이는 걸 보니, 그의 무의식은 여전히 저항하는 것 같았다.

"어르신, 잘 부탁드립니다. 우리 손자 좀 낫게 해 주십시오."

노인이 머리를 조아렸다. 그는 형설이 무엇을 하려는지 몰랐지만, 나는 알았다. 형설은 내게 시도했듯 저 아이의 틈에 어스름을 채우려는 것이었다. 도대체 왜?

"어르신, 이런 곳에서는 무리입니다. 곧 비도 올 겁니다. 먼저 어스름을 수거하는 게 낫습니다."

별하가 설득하려 했지만 형설은 완강했다.

"이렇게 순수한 어스름을 언제 또 구할 줄 알고? 지금이라면 완벽하게 시술할 수 있어. 어스름을 이리 끌어오거라."

"……그럴 수 없습니다."

별하가 저항했지만 다른 조형사들은 그저 그 자리에 붙박인 듯 서 있었다. 형설은 혀를 차고 손을 휘저었다. 천막이 열리고, 조형사들은 가마를 어스름 가까이로 옮겼다. 풍산은 거의 울면서 발을 질질 끌었다.

하지 말라고 해야 하는데, 말이 안 나왔다. 나는 그저 제하를 꽉 붙들었다. 형설에게서 멀어지고만 싶었다. 그에게 붙은 어스름에서 시신을 돌리고, 못 본 척하고 싶었다.

하지만 형설이 손을 뻗어 매립장 어스름을 한 줌 떼어 아이에게 대었을 때, 나는 제하를 놓고 일어섰다.

아이의 부모는 보지 못한다. 아이에게 붙은 어스름도 못 보고, 아이가 왜 아픈지도 모르고, 앞으로 벌어질 일도 모른다. 그걸 다 알면서 가만히 보고만 있을 수는 없었다.

내버려둘 수 없다. 막아야 한다. 내가 할 수 있는 일은 하나뿐이었다. 형설은 상상도 못 할 일. 어스름 청소부가 감히 이럴 거라고는 짐작 못 할 일!

"그만둬요!"

나는 소리 지르며 형설이 제쳐 놓은 천막 틈으로 달려 들어갔다. 아기 아빠가 놀라 아기를 안아 들고 몸을 피했다. 나는 형설의 머리에 붙은 딱딱한 어스름을 두 손으로 꽉 잡고 잡아당겼다.

"으아악!"

귀를 울리는 이 비명은 누구의 입에서 터져 나온 것일까. 나인가, 형설인가. 너무 아팠다. 온몸에 바늘이 꽂히는 것 같았다. 형설이 두 손으로 내 손과 얼굴을 마구 밀어냈다. 그래도 버티며 손에 잡히는 대로 딱딱한 어스름 덩어리를 마구 떼어 냈다. 나는 내가 고통스러운 만큼 상대를 고통스럽게 만들 수 있다. 이자를, 무력하게 만들 수 있다…….

"김소요, 그 사람 눈 밑에 뭐가 붙어 있어! 진한 거!"

제하가 내 뒤에서 소리쳤다. 나는 겨우 눈을 떴다. 동전만 한 크기로, 어스름의 농도가 다른 부분이 있었다. 예나가 말했지, 이자가 스스로에게 스티커를 붙였다고. 롤러코스터를 탄 것처럼 눈앞이 흔들리고 어스름이 소용돌이치는 가운데, 나는 그 유독 짙은 어스름을 잡고 뜯었다.

"끄아아—!"

그 비명은 확실히 형설의 것이었다. 나는 이번에는 안 아팠다. 비현실적이었다. 왜 안 아프지?

그 순간 깨달았다. 어스름을 뜯으면 나도 아프다. 그러나 스티커를 뗄 때는 아프지 않다! 아무리 스티커에 어스름이 붙어 있다고 해도!

형설에게 붙은 스티커가 뚜렷하게 보였다. 뺨에, 귀에, 목에, 손등에. 청소부인 내게는 그 어스름의 농도가 분명히 구별되었다. 나는 몸부림치는 형설에게 머리와 얼굴, 등을 맞아 가며 스티커를 하나씩 잡아 뜯었다. 곧 형설은 정신을 잃은 듯 축 처진 채 가마에서 굴러떨어졌다.

됐다! 그러나, 이게 끝이 아니었다. 스티커가 뜯긴 그 자리, 내게는 보이지 않는 형설의 틈에서 심연 같은 어스름이 쏟아져 나왔다. 그 어스름들은 치솟아 매립장의 어스름 덩어리에 붙었다. 색깔과 질감이 다른 어스름들이 서로 섞여 들었다. 나무 위 어스름 덩어리가 거칠게 흔들리자 나뭇가지가 우두둑 부러졌다.

"피해!"

누군가 외쳤지만 나는 피하지 못했다. 어스름 덩어리는 내 위로 쏟아졌다. 나는 진득하고 차가운 어스름에 휘감긴 채로, 어스름이 벗겨져 보잘것없는 모습으로 바닥에 누워 꿈틀거리는 형설을 보았다. 아기 아빠가 아기를 끌어안고 계단을 내려가는 것도 보았다.

다행이다……. 정신이 아득해졌다. 어스름이 내 얼굴을 타고 탐색하듯 맴돌았다. 내 얼굴의 틈을 찾으려는 건가…….

"소요야!"

익숙한 목소리가 나를 불렀다.

"……아빠……."

아빠가, 나무 사잇길을 따라 미친 듯이 달려오고 있었다.

내 앞의 어스름이 걷혔다. 아빠가 두 손으로 정신없이 어스름을 걷어 내고 있었다. 아빠는 혼자가 아니었다. 낯선 사람들이 아빠와 함께 어스름을 치워 냈다. 맨손으로 익숙하게 어스름 덩어리를 잡아 치우는 그들은 모두 어스름 청소부들이었다.

청소부들의 기세는 심상치 않았다. 어스름 수거가 저렇게 격렬해 보일 수도 있다니. 잠시 머뭇거리던 조형사들은 어스름을 포기했는지 쓰러진 형설을 가마에 태워 자리를 떠났다. 두 무리는 서로가 보이지 않는 것처럼 한마디도 주고받지 않았다.

"소요야."

누가 날 불렀다. 그제야 내 옆에 무릎 꿇고 앉은 예나와 박 주무관이 보였다.

"예나야……."

"나오지 않겠다고 했는데, 약속 어겨서 미안. 아까 박 주무관님이 선환청 연락처를 찾아냈어. 그쪽에서 다른 청소부들에게 연락을 해서 이 동네로 다 오셨어. 네가 어스름을 찾으러 갔다고 했더니 같이 가자고 하셔서 올라온 거야."

"선환청에서 그러는데, 빈 매립장에 다시 어스름을 넣어야 한대요. 여기에 없는 청소부들도 함께 움직이고 있어요. 다른 매립장에서 어스름을 조금씩 꺼내 오는 이들도 있고, 소요 씨 어머니와 몇몇 분들은 매립장 안에 계시고요."

박 주무관이 설명했다. 모은다 해도 충분하지 못할까 봐 다들 걱정하고 있었는데, 이렇게 어스름을 도로 찾아서 잘됐다고도 했다. 그러나 마음을 놓기는 아직 일렀다. 어스름 덩어리를 살피던 청소부 중 하나가 탄식했다.

"잠깐, 이대로 매립장에 넣을 수는 없어. 너무 많이 오염되었어……"

희망찬 분위기가 순식간에 가라앉았다. 진짜로 어스름 덩어리는 빛깔도 재질도 아까와는 달랐다. 형설의 틈에서 나온 어스름이 섞여 들어간 탓이었다.

"잘라 내면 되는 거 아니에요? 저 지저분해진 부분만요."

제하의 말에 청소부들은 서로를 바라보았다. 어스름을 뗄 순 있다. 하지만 나누고 다듬는 건 우리의 일이 아니었다.

"제가, 제가 할 수 있어요!"

내 뒤편에서 풍산이 비틀거리며 걸어왔다. 다른 조형사들은 다 떠났는데, 풍산이 남아 있는 줄은 몰랐다. 청소부들은 경계했지만 풍산은 절절하게 말했다.

"제가 돕게 해 주세요……."

아빠가 오라고 손짓하자 풍산은 다가와 품에서 작은 단도를 꺼냈다. 어스름을 손질할 때 썼던 그 단도였다. 풍산은 진지한 얼굴로 어스름에 칼날을 댔다. 지금만큼은 어설픈 견습생이 아니라 진짜 조형사 같았다.

풍산이 오염된 겉 부분을 잘라 내자 속에서 검은 보석 같은 어스름이 드러났다. 원래보다 부피가 줄었지만 없는 것보다야 훨씬 나을 거였다. 풍산은 작업을 마치고, 예나를 향해 뭔가 말할 듯 입술을 달싹거리다가 계단을 뛰어 내려가 버렸다.

"이제 가져갑시다!"

청소부들은 순수한 어스름 덩어리를 커다란 자루에 담아 짊어졌다. 그런데 풍산이 떼어 낸 오염된 어스름들이 꿈틀대며 서로 뭉치더니 자루에 달라붙으려 했다.

"막아, 막아!"

청소부들은 고군분투하며 그 어스름 덩어리들을 다른 자루에 담아냈다. 자루 속 어스름은 살아 있는 것처럼 펄떡였다. 형설의 틈에 오랫동안 박혀 들어가 있던 것이니 독한 게 당연했다.

"우선 이것부터 옮겨, 매립장이 얼마나 더 버틸 수 있을지 몰라! 그건 애들더러 지키고 있으라고 하고, 빨리 와!"

순수한 어스름을 짊어진 청소부들이 아빠를 불렀다. 아빠는 자루를 눌러 잡은 채 머뭇거렸다.

"너희 셋이 이걸 누르고 있을 수 있겠니? 우리가 돌아올 때까지."

오염된 어스름은 매립장에도 넣을 수 없고 내버려둘 수도 없는, 언제 터질지 모르는 시한폭탄 같았다. 아빠가 돌아온다 한들 이걸 어떻게 처리할 수 있단 말인가? 그때 불현듯 생각이 떠올랐다.

"이걸 틈에 넣으면요?"

"틈?"

아빠가 어리둥절하게 되물었다.

"어스름은 틈에 들어간다고 했어요. 매립장에는 못 들어가도, 이 어스름이 들어갈 만한 더 큰 틈이 어디 있지 않을까요?"

"있어!"

예나가 외쳤다.

"한강에 있어. 불광천에서 쭉 가다 보면, 그 다리 밑에! 그 틈은 정말 커요. 싱크홀처럼요. 이만한 어스름도 들어갈 수 있을 거예요!"

아빠는 틈을 모르니 확신하지 못했다. 우리가 어스름을 옮기다가 놓쳐서 다른 사람이나 장소에 붙어 버릴까 봐 걱정도 했다. 제하가 그 걱정을 무마할 의견을 냈다.

"한강으로 갈 거면, 큰길 말고 불광천 산책로를 따라서 가면 어때요?"

"좋은 생각이에요! 지금 호우주의보 때문에 진입 금지라서 사람도 없을 거예요!"

박 주무관이 적극적으로 맞장구를 쳤다.

"빗방울 떨어진다! 어서 와!"

청소부들이 다시 아빠를 불렀다. 내가 말했다.

"이건 우리가 해결할게요."

아빠는 걱정과 혼란과 놀라움이 뒤섞인 표정으로 나를 보았다. 나는 아빠의 두 눈을 마주 보았다. 내가 담을 수 있는 최대한의 의지를 담아서. 아빠가 나를 믿어 주길 바랐다. 마침내 아빠가 말했다.

"그래. 맡길게."

나와 제하가 어스름이 담긴 자루를 끌었다. 예나는 앞서 걸으며 어디에 틈이 있는지, 어디를 피해야 하는지 알려 주었다. 그렇게 조심하며 끌어도 작은 틈까지 다 피하진 못했다. 어스름은 자루째로 땅에 질기게 붙었고, 길을 지나는 행인에게도 갑자기 붙으려 해서 기를 쓰고 막아야 했다.

엎친 데 덮친 격으로 빗방울이 점차 굵어지기 시작했다. 우리는 우산도 없이 힘겹게 어스름을 끌고 큰길에 도착해 불광천까지 왔다. 천변 산책로로 내려가는 길은 출입 통제 표지판으로 막혀 있었다.

"걸어서 가면 너무 오래 걸려. 자전거 타고 가면 어때? 이 자루는 바닥에 끌려도 구멍 안 날 거야."

제하가 제안했다. 어스름을 담는 특수 자루는 칼로 그어도 멀쩡하다. 어스름을 넣는 입구만 잘 묶는다면 가능한 얘기였다. 박주무관이 물었다.

"택시 타고 가면 안 되나요? 아니면 제 차 가져올까요?"

"위험해요. 차에 작은 틈이라도 있으면 거기 붙었다가 사고 날지도 몰라요."

우리는 따릉이 대여소에서 자전거를 빌렸다. 그런데 이런, 산책로에 내려가자 자루 속 어스름이 더 격하게 움직였다. 물을 향해 가려는 힘이 너무 강해서 넷이 잡아도 질질 끌려갔다. 이런 식으로는 절대 한강까지 못 간다. 시도할 수 있는 유일한 방법은-.

"예나야, 내 얼굴에 붙은 스티커, 그거 떼 줘!"

"김소요! 미쳤어?"

제하가 소리쳤다. 당연히 나는 안 미쳤다. 아주 이성적이다. 가장 가능성이 있고 효율적인 방법을 써 보려는 거다. 스티커를 떼면 내 얼굴에 나 있다는 그 깊은 틈이 어스름을 끌어당길 것이다. 그럼 이렇게 힘들여 잡지 않아도 어스름을 끌고 갈 수 있다.

"그치만 소요야, 진짜, 진짜 위험해."

예나는 충격받은 듯 말을 더듬었다. 제하가 버럭 화를 냈다.

"그러다 너한테 붙으면 어쩌려고! 매립장에도 못 집어넣을 지저분한 거라잖아! 어제처럼 그러면 어떻게 해!"

어제처럼…… 형설이 내 틈에 어스름을 넣었을 때처럼. 당연히 무서웠다. 하지만 한번 겪어 봤으니까, 무슨 일이 벌어질지 아니까 덜 두려웠다.

"여차하면 다시 붙이면 되잖아."

나는 고집을 부렸다. 할 수 있는 일을 안 한다는 건 내 선택지에 없었다. 결국 예나는 내 의견을 받아들였다.

"그래, 내가 뒤에 바짝 붙어 따라갈게."

"아, 진짜 미치겠다. 이거라도 써, 그럼."

제하가 자기 모자를 벗어 내게 씌웠다. 박 주무관은 우리가 하는 말을 전혀 이해하지 못했지만 우리를 따라오겠다고 했다. 나는 쓰러진 자전거를 세워 올라탔다.

"예니야, 이제 떼 줘."

예나는 조심스러운 손길로 내 얼굴에서 스티커를 벗겨 냈다.

묘하게 시원했다. 바람이 통하는 듯한 시원함이었다. 그러나 그 느낌에 오래 머물 시간은 없었다. 버둥대던 어스름 자루가 멈칫하더니, 먹이를 알아챈 야생동물처럼 내게 다가왔다.

"어디 따라와 봐!"

나는 페달을 밟았다. 모자챙 아래로 날아든 빗방울이 아프게 얼굴을 때렸다. 뒤돌아보지 않아도 어스름 덩어리가 나를 쫓아오는 걸 느꼈다.

"헉!"

자전거가 휘청거렸다. 사방에서 크고 작은 어스름 덩어리들이 몰려들어 자전거에 붙은 것이다. 페달까지 무거워졌다.

출발한 지 10분 정도 되었을까. 저 앞에서 우비를 입은 사람이 경광봉을 흔들었다.

"너희! 당장 나와! 위험해!"

아, 걸렸다. 속도를 늦추는데, 제하가 나를 추월해 앞서 나갔다. 제하는 소리치는 그 사람 앞에 자전거를 세우며 내게 길을 열어 주었다. 스쳐 지나가며 뒤돌아보는데, 예나가 잡히는 게 보였다. 나는 더 세게 페달을 밟았다. 박 주무관이 해결해 주기만을 바랐다.

이제부터는 혼자였다. 아니, 어스름과 나 둘뿐이었다.

비가 점점 거세게 내려서 옷부터 양말까지 다 젖었다. 젖은 바지가 다리에 달라붙어서 페달을 밟는 게 어려웠다. 손잡이가 미끄러워서 계속 고쳐 잡아야 했다. 막 웃고 싶었다. 막 울고 싶기도 했다. 어스름을 끌고 빗속에서 자전거를 타는 내 모습이 너무나 비현실적이었다.

땅에 진짜 어스름이 지기 시작했다. 내가 아는 어스름 말고, 지구가 태양으로부터 몸을 돌리며 땅에 드리우는 그 어스름이. 가로등에 불이 켜지며 갈림길이 나타났다. 왼쪽은 홍제천, 오른쪽은 한강.

"악!"

한강 가는 방향으로 꺾기 위해 잠깐 속도를 줄였을 때, 어스름 덩어리가 바퀴에 매달리는 바람에 균형을 잃었다. 나는 자전거와 함께 길 바깥쪽으로 쓰러졌다. 가파른 내리막이었다. 나는 자전거에서 굴러떨어져 물가까지 쭉 미끄러졌다.

풀이 무성한 얕은 물에 몸이 처박혔다. 일어나는 것보다 어스름이 나를 감싸는 속도가 더 빨랐다. 자루가 자전거 바퀴에 밟히며 끈이 풀렸는지, 자루에서 튀어나온 짙은 어스름까지 내 얼굴에 달라붙었다.

"저리 가!"

나는 진흙탕에 뒹굴어 엉망진창이 된 채로 막 어스름을 잡아뜯으며 소리를 질렀다.

"이러지 말라고!"

너무 싫었다. 그만하고 싶었다. 하지만 여기서 내가 포기한다면 지금껏 해 온 일이 다 물거품이 되어 버린다. 틈을 막기 위해 고군분투하고 있을 엄마 아빠와 나를 여기까지 보내 준 친구들, 어스름이 붙은 아기들. 내가 지켜야 할 얼굴들이 머릿속을 스치고 지나갔다.

그리고, 어스름.

나의 약점. 나의 족쇄. 나의 자랑. 나는 청소부다. 어스름을 다룬다, 다룰 수 있다. 절대 지지 않을 거다. 무엇도 포기하지 않을 거다.

나는 어스름을 얼굴에 붙인 채로, 몸에 두른 채로 겨우 둑을 올랐다. 쓰러진 자전거를 세우고 자전거에 올라타 후들거리는 다리로 페달을 밟았다. 온몸이 얼어붙을 것 같고, 동상에 걸린 것처럼 손과 발에 감각이 없어졌다. 어스름이 시야를 가려 앞이 잘 안 보였다. 그래도 달렸다. 어떻게든 될 거다. 곧 끝날 거다. 나는 끝까지 해낼 거다!

짤막한 다리를 건너자 붉은 철제 대교와 한강이 나왔다. 빗발이 조금 약해져서 잿빛 하늘과 잿빛 강물이 잘 보였다. 하지만 당연하게도 틈은 보이지 않았다.

여기 어디가 틈인 거지? 나는 얼굴에 붙은 어스름을 잡아떼며

주위를 살폈다. 한강공원 수영장을 지나치자 한강으로 내려가는 계단에 접근 금지 표시가 있었다. 예나가 알려 준 대로였다.

저기다! 자전거를 앞에 세우고, 위험 표지판이 달린 줄을 들추고 안에 들어갔다. 내게는 아무 틈도 안 보였지만 어스름들이 반응했다. 나를 감싸고 있던 어스름의 압력이 조금 약해졌다.

"여기가 틈이야, 들어가!"

어스름에게 소리를 지르며 강물 쪽으로 한 발 더 나아갔다. 내가 틈에 더 가까이 가야 어스름이 움직일까? 그때, 내게 붙어 있던 어스름의 반대쪽이 찢겨 나갔다.

그렇게밖에 말할 수 없다. 보이지 않는 톱날이라도 달린 것처럼 어스름이 찢기고, 갈렸다. 머릿속에서 경고음이 울려 댔다.

"소요야, 물러서!"

누가 나를 뒤에서 잡아당겼다. 헉, 나는 숨을 몰아쉬었다. 내가 숨을 안 쉬고 있는 줄도 몰랐다. 예나가 내 등을 껴안고 있었다.

"움직이지 마, 지금 네가 어디에 있는 건지나 알아? 틈 바로 앞이야!"

예나는 울먹였다. 예나가 하도 떨고 있어서 내 몸까지 같이 떨렸다. 내가 몸을 돌리려 하자 예나가 날 꽉 붙잡았다. 예나는 뚝뚝 끊어지는 목소리로 말했다.

"너무 무서워……."

여기의 틈은 거대한 입처럼 열렸다 닫히기를 반복하고 있다고 했다. 그 틈새엔 날카로운 이빨 같은 것들이 달려 있어서 가까이 다가오는 것들을 다 찢어발긴다고.

"그래서 어스름이……."

"쉿!"

예나가 손에 힘을 주었다. 예나는 뭘 보고 있는 걸까.

"학생들!"

나는 눈만 돌려 계단 위를 보았다. 박 주무관이 무릎을 짚고 헉헉대며 서 있었다. 제하도 함께였다.

"왜 위험하게 그러고 있어요, 올라와요!"

예나는 딱딱하게 굳은 채 말했다.

"지금은 못 가, 틈이 닫히길 기다려야 해……."

"거기 있어요! 가까이 오지 말구요! 정제하 너도!"

나는 소리를 질렀다. 몇 초 아니면 몇 분 후, 예나가 천천히 나를 잡아끌었다. 자기 발만 보고, 딱 그대로만 뒷걸음쳐 걸어야 한다고 말했다. 우리는 반걸음씩 천천히 물러났다. 발바닥에 작은 돌과 모래가 긁혔다.

"너무 빨라!"

예나가 겁에 질려 외쳤다.

어스름을 찢어발기던 그 공간이 볼록 렌즈에 비추인 것처럼 둥글게 휘고 파장처럼 흔들렸다. 그 반경은 점차 넓어졌다. 빠르게, 내 발 앞까지.

저기에 빠지겠구나. 틈에.

발끝에 진동이 닿았다. 심장을 쥐고 흔드는 것 같은 저릿함과 아픔이 느껴졌다. 제발, 이렇게 끝낼 순 없어, 제발!

그때, 내게 붙어 있던 어스름이 저절로 내게서 떨어져 나와 내 앞을 가로막았다. 보이지 않는 손이 우릴 밀어낸 것처럼 나와 예나는 계단 쪽에 내동댕이쳐졌다.

어스름들은 한 덩이로 뭉쳐 있었고, 소용돌이에 휩쓸리듯 그 둥근 공간으로 빨려 들어갔다. 나도 모르게 어스름을 향해 손을 뻗었다. 예나가 내 손을 붙들었다. 박 주무관과 제하가 우리를 뒤로 잡아 끌어당기는 동안 나는 어스름이 틈으로 빨려 들어가는 것을 지켜보았다.

그렇게 나는, 우리는 어스름을 치우는 것에 성공했다.

그 일을 겪고 난 후의 우리 셋은 별로 상태가 좋지 못했다. 어스름이 붙었던 나도, 자기 속을 긁어 스티커를 만들었던 예나도, 어스름바치의 얼룩을 읽었던 제하도.

게다가 비를 맞으며 자전거까지 탔으니 아플 만도 했다.

"그래도 입원은 좀 심한 거 아닌가."

환자복을 입은 제하가 똑같이 환자복을 입은 예나와 내게 말했다. 어제는 열이 40도까지 올랐다더니, 이젠 좀 살 만해진 모양이었다.

여기도 박 주무관이 연결해 준 병원이었다. 선환청의 어스름 재난 관련 프로토콜에 들어가 있는 병원이라고 했다. 수십 년간 실제 케이스가 발생한 적이 없었다는데, 의외로 매뉴얼이 잘되어 있어 '볼 수 있는' 의사가 우리를 맡았다. 나는 세상에 그런 의사가 있는 줄 처음 알았다.

뒤늦게 무슨 일이 일어났는지 알게 된 다하 언니와 제하네 할머니도 병원으로 왔다. 다하 언니가 우리를 혼낼 줄 알았는데, 언니는 제하와 나를 끌어안고 울음을 터뜨렸다. 할머니는 그냥, 장하다고만 했다.

입원하고 이틀 동안 검사 시간 빼고는 내내 엄마 아빠와 이야기를 나눴다. 조형사와 스티커에 대해, 우리가 보고 들은 것에 대해 이야기하는 동안 엄마는 조금 울었고, 내 등을 세게 후려치고 싶다는 표정을 짓다가, 두 손으로 얼굴을 가리고 또 울먹였다.

내가 태어났을 때의 이야기도 들었다. 어딜 가든 갓난아기인 내게 어스름이 달라붙으려 했다고 했다. 매립장의 어스름까지 요동쳤을 때는 정말 무서웠다고. 엄마 아빠는 매립장을 두고 도망칠 생각까지 했지만, 청소부로서의 의무감 때문에 차마 그럴 수 없었다. 그저 매일같이 제하네 차로 나를 씻겨 가며 사방으로 방안을 찾아다니던 끝에 형설을 만났던 것이다.

엄마 아빠는 형설과 거래했다는 사실을 그 누구에게도 말하지 않았다고 했다. 입 밖에 냈다가는 내게 취한 조치를 취소할 수도 있다고 형설이 협박했기 때문이었다. 틈이 보이지 않는 엄마 아빠는 형설이 무언가 알 수 없는 신비한 수단을 써서 내게 어스름이 붙는 걸 막아 냈다고 생각했다. 나를 살렸으니 간지럼 같은 부작용은 큰일도 아니었다.

매립장의 어스름을 빼돌렸다는 소문이 다른 청소부들 사이에 돌아 진위를 묻는 연락이 왔을 때도 엄마 아빠는 그저 침묵했다. 돈을 받고 어스름을 팔았느냐는 오해와 비난을 받으면서도 비밀을 지켰다. 나를 위해 자발적인 고립을 선택한 것이다.

 이번에 다른 청소부들에게 모든 것을 다 밝히고 내려놓게 되어 아빠는 후련해 보였다. 그러나 엄마는 여전히 신경이 곤두선 채였다.

 "괜찮은 거 맞지? 틈이 잘 막힌 거 맞지?"

 엄마는 자꾸 내게 물었다. 지금은 예나가 스티커를 붙여 보강해 준 상태였다. 그러기 위해 예나는 매립장의 어스름을 받았는데, 이번에는 선환청을 통해 다른 청소부들에게 알리고 동의를 구했다고 했다.

 "근데, 선환청 사람들 3시까지 온다고 하지 않았어? 지금 2시 55분인데."

 제하가 시계를 보며 말한 그 순간, 누군가 문을 똑똑 두드렸다.

 "저희는 행정안전부 산하 재난안전관리본부의 특수재난대응국입니다."

 비슷한 잿빛 정장을 입은 두 사람이 우리에게 명함을 내밀었다. 머리카락이 한 가닥도 삐져나오지 않게 포니테일로 단정히 묶은 사람과, 두피에 새긴 나비 문신이 훤히 보이도록 머리카락을 짧게 자른 사람이었다.

"선환청이 여기였군요. 처음 들어 봅니다."

아빠가 말했다. 엄마는 경계심 가득한 얼굴로 명함을 받아들었다. 나도 하나 받아 제하와 예나와 같이 들여다보았다. 기호와 숫자로만 된 암호 같은 명함이었다.

포니테일이 미소 지으며 말했다.

"네, 옛 명칭이 그거였지요. 공개된 자료에서는 찾을 수 없을 겁니다. 여러 가지 특수한 재난 상황을 분석하고, 시뮬레이션을 통해 대응 방법을 연구 개발 하고 있습니다. 틈도, 저희 관할입니다."

엄마의 표정이 더욱 뾰족해졌다. 틈에 대해 말하는 이상 엄마의 호감을 얻기는 틀렸다.

"저희가 분석하기로는, 인적 재해가 발생한 자리와 재개발 구역에 유독 큰 틈이 발생했습니다. 그런 틈에서는 인명 사고가 반복되었고요. 저희는 다른 부처와 협조하여 위험한 장소에 사람들이 접근하지 못하게 관리해 왔습니다."

"여기 주스라도 좀 드시면서 말씀하세요."

아빠가 다하 언니가 사 놓은 포도주스와 오렌지주스 병을 두 사람에게 권했다. 엄마는 그런 아빠를 원망스럽게 쳐다보았다. 주스도 안 주고 싶을 정도로 싫은 모양이었다.

포니테일은 포도주스를 한 모금 마시고 말을 이었다.

"한때는 틈을 막기 위해 조형사들이 제공한 '벽지'를 사용한 적도 있었다고 합니다. 30여 년 전의 일이죠."

듣는 순간 딱 알았다.

"그거, 어스름으로 만든 거죠?"

"당시에는 몰랐지만, 지금은 그렇다고 추측하고 있습니다. 잘 파악하셨군요."

포니테일은 나를 향해 웃어 보였다. 어스름바치는 공간의 틈을 막기 위한 벽지를 먼저 제작했던 것이다. 형설은 그걸 발전시켜 인간의 틈에 붙일 스티커를 만들었다. 같은 재료로 같은 목적을 위해 만들었으니 부작용 또한 비슷했을 것이다.

"문제가 생겼군요. 어스름이 붙었나요?"

내 질문에 포니테일은 눈을 빛냈다. 엄마는 그게 마음에 들지 않는지 크게 헛기침을 했다.

"맞습니다. 벽지를 붙인 직후에는 효과가 좋다는 평을 받았습니다. 틈이 전혀 보이지 않았으니까요. 그러나 벽지에는 결함이 있었습니다. 틈을 너무 꽉 막았죠. 그러니까, 통풍이 불가능할 정도로요. 그 결과 벽지에 더 딱딱하거나 질긴 어스름이 붙고 자란 것으로 보입니다."

통풍이 되지 않는다……. 그 말이 이해가 되었다. 형설의 마지막이 특히 그랬다. 전혀 말이 통하지 않고, 자신의 욕망에만 몰두

해 다른 사람의 안위는 거들떠보지도 않는 모습. 예나에게 집착하던 사람들도 마찬가지였다.

"최근 몇 년 사이 일어난 대형 사고들도 그 당시 시공한 벽지와 어스름과 관련된 것으로 추정하고 있습니다. 다다음 달에 보고서가 나올 예정인데, 여러분께도 한 부 보내 드리겠습니다."

"굳이 안 보내셔도 됩니다."

엄마가 대꾸했다. 포니테일은 웃음을 잃지 않은 채, 지금껏 한마디 말도 하지 않은 나비 문신을 한 사람을 가리켰다.

"벽지의 부작용에 대한 연구가 벽에 부딪쳐 교착 상태에 빠졌을 때, 그 연구를 구해 낼 훌륭한 인재가 나타났습니다. 어스름을 보는 이가 신입으로 들어온 거죠."

나비 문신은 자랑스레 어깨를 펴고는 신중한 태도로 입을 열었다.

"제 박사 논문 주제가 '틈의 변화 조건 탐구'였거든요. 특이하게도, 오래전 기록된 틈이 현재는 좁아졌거나 사라진 경우가 있었어요. 바로 농축된 어스름이 그 자리에 쌓여 틈을 메운 것이었습니다. 처음엔 몰랐죠. 어스름은 틈을 막고 주변 환경에 녹아들듯 자연스레 자리 잡았거든요. 옛 기록에서 '땅거미'를 사용해 막았다는 기록을 찾은 뒤에야 어스름이 그 물질이라는 걸 알게 되었습니다. 아, 거미라고 해서 진짜 곤충인 줄 알았다니까요?"

농담이었다면 실패였다. 포니테일만 웃었다. 나비 문신은 꿋꿋하게 말을 이었다.

"어스름 청소부들의 수칙을 보면, '어스름을 다 떼지 말라'는 말이 여러 번 나오지 않습니까? 다 떼었다가는 틈이 노출되기 때문에 생긴 수칙이라고 생각합니다."

"와."

나는 나도 모르게 감탄했다. 나폴리탄 괴담 같은 수칙에 다 이유가 있었다니! 나비 문신은 내 반응이 기뻤는지 자신의 논문 이야기를 더 길게 이어 갔고, 포니테일이 적절한 타이밍에 말을 끊었다.

"과거에는 어스름을 담당하는 각 지자체의 환경미화과와 저희 대응국이 공조하여 업무를 처리했다고 합니다. 하지만 아시다시피, 현대사의 여러 복잡한 국면을 거치며 그 맥이 끊기고 말았어요. 이제라도 다시 연결되었으니 참 기쁜 일입니다."

기쁜 일이라고 해도 실감이 나지 않았다. 엄마 아빠도 얼떨떨한 표정이었다.

"틈……. 그렇게 부르지 않았을 뿐 그런 게 있다는 건 알고 있었어요. 매립장 말입니다. 어스름을 소화해 내는 어떤 장치라고 생각했어요."

아빠의 말에 포니테일이 고개를 끄덕였다.

"맞습니다. 저희 쪽 관점에서 보았을 때, 어스름 매립장들은 모두 일정한 형태의 틈 위에 세워졌더군요. 흥미롭게도, 어스름은 벽지와 달리 틈은 막으면서도 통풍을 방해하지 않는 것으로 보입니다. 앞으로 어스름에 대한 심도 깊은 연구를 통해 틈을 막을 수 있게 되리라 기대하고 있습니다."

상당히 긍정적인 어조였다. 하지만 엄마는 쉽게 그 분위기에 넘어가지 않았다.

"솔직히 말해 보세요. 우리 매립장에서 틈이 드러났을 때, 알았던 거 아닌가요? 알면서도 개입하지 않은 건가요? 조형사들이 내 딸을 위협했는데도!"

"방관했다는 건 억측입니다. 이상 현상에 대한 보고가 들어오긴 했지만 예산과 인원이 부족해서 차마 다 커버하지 못했던 것뿐입니다."

포니테일은 여전히 웃는 얼굴로 대답했다. 그들은 박 주무관이 연락을 했을 때에야 상황을 파악했다고 했다.

"한강은요? 거기가 그렇게 위험한 곳인 줄 알았으면 애가 가까이 갔을 때 말렸어야죠! 무슨 일이 일어나나 관찰하려 했던 거 아닌가요?"

엄마는 목소리를 높였다.

"아, 그 틈 말씀이시죠? 저희 관리하에 있는 곳이 맞습니다. 하지만 8년 전 위험 지역으로 지정된 이래, 생명체가 거기에 접근한 것은 처음이었어요. 저희로서도 당황스러운 상황이었지요. 이번에 김소요 씨가 공급한 어스름 덕분에 그 틈은 반 이상 닫혔습니다. 놀랍고도 반가운 현상으로……."

"안 놀랍고 안 반가워요."

엄마가 가차 없이 말했다. 포니테일은 들고 있던 수첩을 뒤적였다. 형식적인 행동인 게 분명했다. 빈 종이를 펼치고 곧장 말을 시작했으니 말이다.

"이제 '스티커'라 불리는 물질 이야기를 해 볼까요."

예나는 긴장한 듯 입술을 깨물었다. 나는 예나의 손을 꼭 잡았다.

"꽤 많은 사람에게 스티커를 붙였더군요. 저희가 확인한 것만으로도 100명 가까이 됩니다. 벽지를 붙인 공간에 문제가 생기는 것처럼, 스티커를 붙인 사람에게도 부작용이 있습니다. 알고 있지요?"

"……네."

취조하는 듯한 이 분위기가 마음에 들지 않았다. 여기서 조금이라도 더 예나를 탓하는 분위기가 된다면 가만히 있지 않겠다고 마음먹었다.

"저희는 특정 고위 인사 주변 인물들에게 어스름이 많이 붙는 현상을 연구하고 있었습니다. 벽지와 비슷한 물질인 스티커에 대해서도 알아냈지요. 누가 그렇게 스티커를 만들어 공급하고 있는지를 비밀리에 조사 중이었습니다."

"어스름바치 형설은 정말…… 참혹한 모습을 하고 있더군요."

나비 문신이 고개를 절레절레 저었다. 스스로에게 스티커를 붙여 결국은 어스름 덩어리가 되어 버린 사람. 나는 내가 스티커를 뜯은 자리에서 어스름이 흘러나왔던 일을 이야기했다. 포니테일과 나비 문신은 내 말을 외워 버릴 듯 집중해서 들었다.

"맞아요. 그자는 자기 틈을 어스름으로 채웠던 겁니다. 그래서 스티커를 만들 수 있었고요."

포니테일은 그들이 알아낸 정보를 말해 주었다. 나도 어스름으로 틈을 채우면 스티커를 만들 수 있었을까? '강해질 거'라는 형설의 말이 그 뜻이었을까? 문득 궁금했지만 그 의문은 흘려보내고 그들의 이야기에 다시 귀를 기울였다.

재난대응국은 형설이 스티커를 만들 수 있다는 것은 파악했지만, 작업장에서 좀처럼 나오지 않는 자가 어떻게 그렇게 넓은 범위의 인물들에게 스티커를 붙일 수 있었는지는 알 수 없었다고 했다. 그러다 증언마다 공통적으로 나타나는 인물을 발견한 것이다. 10대로 보이는 여자아이. 바로 예나를.

"꽤 오래 뒤를 쫓았어요. 그러다 중간에 자취를 놓쳐서 곤란했었습니다.”

예나가 도망쳐 헤매게 된 이후였을 것이다. 재난대응국은 어스름바치 형설에게 다시 포커스를 돌렸고, 뜻밖의 사실을 알아냈다.

"형설은 깊은 틈이 있는 아이들을 찾았습니다. 틈으로 인한 증상으로 고통받는 아이들을요. 형설은 아이를 치료하겠다며 스티커를 붙였습니다. 아이들은 증상이 호전되는 것처럼 보였고, 양육자는 형설에게 의존하게 되었지요. 형설은 '완치를 위해서는 근본적인 치료가 필요하다'며 끔찍한 처치를 하려 했습니다. 바로 어스름을 틈에 채우는 일 말입니다. 어스름으로 틈을 채운 아이를 이른바 '스티커 제조자'로 만들려 했다는 증거를 확보했습니다.”

"사흘 전에 비단산근린공원에서 현장을 목격하셨죠?”

나비 문신이 물었다. 나는 한 박자 늦게 고개를 끄덕였다. 그렇게 스티커 제조자를 만들 수 있다는 건……

"예나도 그렇게 된 거예요?”

"그 실험의 유일한 성공 사례였다는 게 저희의 판단입니다. 나머지는 지독한 후유증에 시달리고 있어요. 송예나 씨를 더 자세히 진찰하고 분석해 치료 방법을 찾으려 합니다.”

예나는 멍하니 그들을 바라보았다. 짧은 침묵 끝에, 예나가 입을 열었다.

"그럼 저는…… 인간인가요?"

나는 예나의 손을 더 세게 잡았다. 포니테일이 즉각 대답했다.

"그렇습니다. 형설은 송예나 씨를 '자신이 어스름으로 다 만들어 냈다'고 주장했다더군요. 하지만 송예나 씨가 사라진 후 틈이 있는 아이들을 찾아 실험하려 든 걸 보면, 같은 방법을 썼을 거라 유추합니다."

"저에게도…… 부모가 있나요?"

예나의 목소리가 떨렸다. 진짜 부모, 예나를 낳은 사람들이. 그러나 예나는 곧 고개를 숙였다.

"아니에요. 알고 싶지 않아요."

예나의 심정을 알 것 같았다. 예나의 부모는 어째서 조형사에게 예나를 넘겼을까. 그런 실험이 이루어지고 있다는 걸 알기는 했을까? 진실을 감당하기 위해서는 마음의 준비가 필요할 것이다. 예나가 충분히 시간을 가질 수 있기를 바랐다.

"어, 매찌의 아이도 그런 거 아닌가? 김소요, 안 그래? 조형사들이 어스름을 붙였다고 했잖아."

제하가 퍼뜩 생각났다는 듯 말했다.

"네? 매찌요? 자세히 알려 주시겠습니까?"

포니테일의 눈빛이 날카로워졌다. 나는 우리가 보았던 대로 자세히 설명했다.

"매찌는 또 언제 만났니……."

아빠가 이마를 짚었다.

예나는 그런 아이들을 돕고 싶다며 어스름바치 형설에 대해 이야기했다. 어디에서도 들을 수 없는 고급 정보였다. 대응국 사람들은 예나의 말을 한마디도 빠뜨리지 않고 녹음했다.

"그 조형사는 벌을 받게 되나요? 아이들을 그렇게 만든 것에 대해서요."

제하가 묻자 포니테일은 눈썹을 늘어뜨렸다.

"안타깝게도 그쪽은 저희 관할 밖입니다. 관련 기관이 감찰하고는 있습니다만, 조형사들에게는 면책 특권이 있습니다."

벌을 받지 않는다니, 실망스러웠다. 또 그런 일이 벌어질 수 있는 게 아닌가. 내 마음을 읽기라도 한 듯 포니테일이 말했다.

"이 일을 계기로 수면 위에 드러났으니 함부로 행동하진 못할 겁니다. 대응국의 특별 감사도 시작될 거고요."

"제가 도울 일이 있다면 다 할게요."

예나가 간절하게 말했다. 포니테일은 예나에게 몇 장의 서류를 건넸다.

"송예나 씨는 앞으로 저희 재난대응국의 관리하에 있게 됩니다. 조형사들과 스니거를 원하는 이들에게서 보호하려는 조치이니 협조 부탁드립니다."

예나는 힘없이 알겠다고 했지만, 내 생각은 달랐다.

"우리 집에서 같이 살면 안 돼요?"

"그건 곤란합니다. 저희 쪽 시설에서 지내야 합니다."

포니테일이 딱 잘라 거절했다. 나비 문신이 해맑게 덧붙였다.

"근데, 연수원 위치가 김소요 씨 집 근처예요. 여기 수색 지나 금방이에요. 어차피 김소요 씨 틈에 붙은 스티커를 주기적으로 보충해야 할 테니 두 분은 자주 만날 거예요."

"그럼 지금처럼 학교 같이 다녀도 돼요?"

내가 물었다. 예나가 있어서 겨우 학교가 다닐 만해졌는데, 다시 예전으로 돌아가고 싶지 않았다. 포니테일이 당황한 듯 되물었다.

"학교요? 학교를 다닐 필요가 있습니까? 음, 학교를 다니고 싶어 하는 애들이 있나?"

"전 다녀 보고 싶어요."

예나가 바로 대답했다.

"진짜로요. 임시로, 가짜로 그러는 거 말고 진짜로."

지금껏 예나는 가짜 기억에 기대어 살아왔다. 어디에도 붙지 않고 진짜 자신으로 살고 싶은 그 마음을 누가 무시할 수 있을까. 포니테일도 그렇게까지 무정한 인간은 아닌지 한발 물러섰다.

"알겠습니다. 김소요 씨가 중학교 졸업할 때까지는 같은 학년으로 다니는 걸로 하죠."

"고등학교도 같이 갈래요."

내가 재빨리 말하자 포니테일의 눈이 가늘어졌다. 그러나 나비 문신은 반갑게 물었다.

"아, 그 학교로 진학할 예정입니까? 특수 감각 청소년들이 다니는 학교요."

거기까지 생각한 건 아니었는데, 나비 문신이 기쁜 듯이 덧붙였다.

"저도 그 학교 출신이에요. 되게 좋은 학교예요. 아! 거기 틈을 연구하는 선생님도 계십니다. 진짜 잘 보는 분이죠. 두 분께 도움이 될 거예요."

"두 분 다 그 학교로 진학하면 우리로서는 편하긴 하겠군요. 특수 감각 학생들을 관리하는 시스템이 잘되어 있으니."

포니테일도 동의했다. 그러고는 슬쩍 덧붙였다.

"재난대응국은 언제나 특수 감각인을 환영한답니다. 그 학교 재학생 중에서도 저희와 함께 일하는 학생들이 있습니다. 김소요 씨도 혹시……."

"우리 애한테는 그런 거 못 시켜요."

엄마가 딱 잘라 말했다. 하지만 내 기분은 달랐다. 청소부 말고 다른 게 될 수도 있는 걸까? 반쪽짜리 청소부 말고, 온전한 무엇이.

"우리는 일에 사람을 맞추지 않아요. 그 사람에게 맞는 일을 찾아내지요."

포니테일이 내 마음을 읽은 것처럼 말했다.

나비 문신이 자기 태블릿에 무언가를 써서 포니테일에게 보여주었다. 그 둘은 눈빛을 주고받았다. 무슨 말을 꺼낼 건지 분위기가 심상치 않았다. 포니테일이 입을 열었다.

"김소요 씨가 어스름바치에서 떼어 낸 어스름에 대한 보고를 읽었습니다. 상대는 육체와 정신에 심각한 타격을 입었는데, 김소요 씨는 멀쩡했어요. 그 고통은 양쪽에 똑같이 적용되는 걸로 알고 있었는데요."

"스티커를 뗀 거여서 그래요. 어스름을 떼면 저도 아파요."

그들은 미묘하게 반응했다.

"……그것도 맞겠지만, 아무리 그래도 너무 멀쩡하거든요."

"멀쩡해서 문제라는 거예요?"

엄마가 득달같이 말꼬리를 잡았다. 그러나 포니테일은 당황하지 않았다.

"김소요 씨에게 있는 특수한 조건 덕에, 네, 그 틈을 말하는 겁니다, 고통을 유연하게 흘려보낸 것으로 보입니다."

벼락을 맞고도 살아난 사람처럼 틈이 통로가 되어 아픔을 흘러가게 했다는 거다. 나 역시 인사동에서 비슷한 생각을 한 적이 있었다.

"그뿐만이 아닙니다. 한강의 틈에서 목격되기로는, 김소요 씨를 감싼 어스름이 스스로 움직여 틈에 빠진 것처럼 보였다더군요. 심사숙고해 볼 만한 일입니다."

"……그쪽 틈이 더 크고 강력해서 그런 거겠죠."

아빠가 개운치 않은 어조로 말했다. 포니테일은 애매한 미소를 지었다. 뭘 숨기고 있는 거 같았다.

"어스름의 지배자, 그거 얘기하려는 거예요?"

제하가 불쑥 끼어들었다. 나는 막 마시려던 오렌지주스를 주룩 흘리고 말했다.

"뭐? 어스름의 뭐?"

"지배자. 그렇게 벌써 소문이 났대, 그 학교 애들은 다 안다던데……."

제하가 설명하자 엄마는 난리가 났다. 도대체 일 처리를 어떻게 하는 거냐, 무슨 소리를 하고 다니는 거냐! 대응국 사람들은 자신들이 퍼뜨린 소문이 아니라는 걸 증명하려 쩔쩔맸다.

"대낮에 야외에서 벌어진 일이었으니까요. 물론 비가 오긴 했지만 그래도 사람들이 있었고, 그중엔 어스름을 보는 사람도 있었겠죠. 그 목격자들 눈에는, 김소요 씨가 어스름을 지배……, 저희라면 그런 노골적인 표현은 쓰지 않겠지만요, 그런 느낌이었다는 거겠죠. 보는 대로 말하는 사람들 입을 어떻게 막습니까."

나는 한강의 틈 앞에서 벌어졌던 일을 떠올렸다. 어스름이 내 말을 들은 게 맞구나. 내 의지대로 움직인 게 맞구나. 우연이 아니었어. 그럼, 어떻게 되는 거지?

"이건 천천히 말씀드리려고 했는데요, 김소요 씨는 굉장히 희귀한 케이스입니다. 깊은 틈이 있으며 동시에 어스름을 보고 만질 수 있으니까요. 스티커에 어스름이 붙지 않았다는 것도 그렇지요. 게다가 이번 사건을 겪으며 김소요 씨가 어스름과 특이한 교감을 하게 된 것 같아요. 영향력이 생겼달까요. 정확한 것은 앞으로 더 알아봐야 할 텐데요, 김소요 씨가 협조해 준다면……"

"절대 안 됩니다. 위험한 일에 끌어들이지 마세요."

아빠가 단호하게 거절했다.

"위험은 가능성을 뜻하기도 하죠."

포니테일이 진지하게 말했다.

솔직히 말하면 나는 뭐든 해 보고 싶었다. 가능성이란 단어가 마음에 들었다. 하지만 엄마 아빠를 더 자극하고 싶지 않아서 속으로 삼켰다. 뭐, 명함이 있으니까!

"그건 천천히 의논해 보도록 하고요. 이제 스몰토크는 그만하고 본론으로 넘어가야겠군요."

포니테일이 태블릿을 식탁에 내려놓으며 말했다. 지금까지 말한 게 '스몰'이면 얼마나 큰 이야기를 하려고?

"그 틈에 계속 사실 예정입니까?"

마치 벼랑 끝에 지은 집에 살 거냐고 묻는 것처럼 들렸다. 아빠는 나를 바라보다가 약간의 간격을 두고 말했다.

"네. 어스름을 수거해 매립장에 넣는 것, 그게 우리의 일이니까요."

그들은 짧게 한숨을 쉬고 다시 웃었다. 완고하게 대답을 튕겨내는 웃음이었다.

"저희 쪽에서 간단히 계획을 세워 보았는데요, 서울 어디든 원하시는 장소에 자택을 제공하겠습니다. 대신 매립장을 저희한테 넘기시는 겁니다."

"안 됩니다."

엄마가 딱 잘라 말했다. 거절하는 톤이 아빠랑 똑같아서 심각한 와중에도 웃겼다. 제하는 진짜로 소리 내어 풋 웃었다가 모두의 시선을 받고 머쓱하게 모자를 고쳐 썼다. 포니테일이 기도하듯 두 손을 모으며 말했다.

"부탁드립니다. 어스름으로 틈을 막는 방법을 찾아내고 싶어요. 다른 매립상들도 있지만, 이렇게 온전히 틈이 드러났다가 다시 막힌 사례는 이곳이 유일하거든요."

"그럼 와서 연구하세요. 그것까진 막지 않을게요."

엄마는 살짝 누그러진 태도로 대답했다. 포니테일은 서류에 확인 사인까지 받고 싶어 했지만, 엄마는 단칼에 거절했다. 포니테일은 아쉬운 듯 짧게 한숨을 쉬고 말했다.

"박서이 주무관이 김소요 씨 가족 전담으로 대응국 업무를 처리해 주실 겁니다. 같이 일해 보셔서 아시죠? 성실하고 책임감 있는 분이에요."

"하나도 못 보지만, 진짜 그래요."

박 주무관이 아니었다면 어스름을 되찾지도, 틈에 넣지도 못했을 것이다. 동네 사람들과 제하의 친구들이 아니었다면. 어스름을 보지 못하는 사람들, 나를 이해하지 못할 거라고 선을 그었던 사람들이 아니었다면.

두 사람은 두툼한 자료를 넘겨주면서 학교 브로슈어도 곧 보내겠다고 약속했다. 그러고는 산뜻한 인사와 미묘한 압박을 남기고 떠났다.

엄마 아빠가 심각한 얼굴로 자료를 보는 사이 우리 셋은 병원의 옥상 정원으로 나왔다. 잔디 위 디딤돌에는 옅은 어스름이 어른거렸고 바둑돌만 한 어스름 덩어리를 달고 있는 환자와 간병인들이 벤치에 앉아 있었다. 그 정도 어스름은 이젠 귀여웠다.

시원한 바람을 맞으며 나는 버릇처럼 뺨을 어루만졌다. 내가 보지 못하는 틈과 내가 잘 아는 어스름. 뒤숭숭하고 심란하고 묘하게 설레기도 했다. 예나도 생각이 많아 보였다. 정제하만 신났다.

"진짜 그 학교 같이 가는 거다? 거기 기숙 학교잖아! 드디어 독립이다!"

"기숙 학교가 무슨 독립이냐."

한마디 했지만, 제하의 기분은 쉽게 꺾이지 않았다. 저렇게 신난 얼굴은 정말 오랜만이었다.

"학교 분위기도 달라졌을걸. 이제 널 함부로 대하지 않을 거야. 왜냐, 김소요 넌 바로 어스름의 지배……."

"그 말 하지 마!"

아까는 너무 황당해서 넘어갔는데, 팔에 소름이 쫙 돋았다.

제하는 으하하 크게 웃었다. 예나도 같이 웃었다. 둘 다 너무하네, 자기 얘기 아니다 이거지? 하지만, 나도 싫지 않았다. 그렇게 불리는 게 싫지 않은 게 아니라, 뭔가 달라질 수 있다는 점이 그랬다.

달라져서 뭐가 될지는 아직 모른다. 그래도 나는, 제일 괜찮은 내가 될 거다. 이상하든 말든, 될 수 있는 모든 나 중에서 가장 괜찮은 나.

무엇이 괜찮은 건지도 지금은 잘 모르겠지만 앞으로 알게 되겠지. 어스름을 재발견한 것처럼. 보지 못해 몰랐던 것들을 알게 된 것처럼. 무지는 그만큼의 기회일 수 있다. 아직 몰라서, 차라리 좋다.

"애들아, 퇴원해도 된대!"

아빠가 옥상 정원 입구에서 우리를 소리쳐 불렀다. 제하는 기다렸다는 듯이 만세를 부르고, 예나는 웃으며 내게 손을 내밀었다. 나는 그 손을 마주 잡았다.

"가자."

우리는 어깨를 부딪치며, 조금 투덜거리고, 또 웃으면서 나란히 걸었다. 아직 모르는 세상을 향해, 온몸으로 부딪쳐 얻어 낸 어스름투성이 미래를 향해서.

작가의 말

나는 한 겹 속의 세상, 한 걸음 밖의 세계를 좋아한다. 얇은 한 겹을 벗겨 낸 것만으로도 세상이 흔들리고 한 발짝 잘못 디뎠을 때 세계가 뒤바뀌는 그런 이야기, 그늘 안팎만큼의 사소한 차이와 변화 속에서 들끓는 이야기를 좋아한다.

너무 멀리까지 가지 않아도, 아주 달라지지 않더라도 가까이에서 충분히 재미있고 엄청난 이야기들이 벌어지고 있다고 말하고 싶다(멀리까지 갈 능력이 없거나, 갔다가 못 돌아올까 봐 두려워서 여기 머무는 것일 수도 있지만 이건 잠깐 접어 두기로 하자).

가끔은 걱정한다. 바로 옆에 있는 이야기를 내가 못 보면 어쩌지. 고작 한 겹에 눈이 가려서, 늘 가는 길로만 가서. 하지만 걱정은 짧다. 내가 모르는 것들이 있다고 생각하면 도리어 안심이 된다. 내가 아는 게 다가 아니라는 게 좋다. 더 알아갈 것이 많아서 기쁘다.

문제는, 나만 알고 아무도 모르면 곤란하단 거다. 《어스름 청소부》를 쓰면서 딱 그런 심정이었다. 이 이야기를 쓸 수 있어 좋았지만, 제대로 쓰지 못하는 것 같은 날에는 소요와 비슷한 좌절감을 느꼈다. 내가 아는 것을 다른 사람들에게 전할 수 있을까. 이해받을 수 있을까.

어스름 덩어리가 붙은 듯 손가락이 무거워질 때마다 숨 한 번 크게 들이마시고 계속 썼다. 소요가 어스름을 끌고 한강을 향해 달렸던 것처럼, 페달을 계속 밟은 것처럼.

이야기를 끝맺은 지금, 읽는 이들에게로 공을 넘긴다. 당신이 이 책에서 읽은 이야기는 내가 의도했던 것과는 다를 수도 있다. 어쩌면 우리는 서로가 무엇을 보는지 영영 모를지도 모른다. 하지만 몰라도, 이해 못 해도 서로에게 손을 내밀 수 있다. 소요가 동네 사람들과 제하 친구들의 도움을 받는 장면이 그래서 좋았다. 어스름을 보지 못하는 박 주무관이 진지하게 귀 기울이고 반응하는 모습을 꼭 쓰고 싶었다.

마지막으로 이야기의 시작점을 이야기하려 한다. 《어스름 청소부》는 진짜로 청소하는 사람들을 보며 쓰기 시작했다. 우리는 깨끗한 길, 비워진 쓰레기통, 물기 없는 세면대를 당연하게 기대하면서 동시에 그 일을 하는 사람들을 자주 잊는다. 당연한 듯 굴러가는 세상은, 사실은 당연하지 않은 방식으로 유지되고 있다.

한 겹, 한 발짝으로 새로운 세상을 볼 수 있다는 말은, 한 겹 덮고 한 발짝 물러서면 보지 않게 된다는 뜻이기도 하다. 나는 보아야 할 것들을 제대로 보고 싶다. 끈질기게 파고들어 얻어 낸 이야기를 계속 쓰고 싶다.

이야기가 끝났을 때, 책을 덮고 고개를 들었을 때, 다시 바라본 당신의 세상이 조금 더 다채롭고 선명했으면 좋겠다.

2025년 9월, 김혜진

추천의 말

＊"특별하지 아니하고 흔히 볼 수 있음." 국어사전에 실린 '보통'의 정의다. 여기에 따르면 《어스름 청소부》의 주인공 '소요'는 분명 보통의 존재가 아니다. 흔히 볼 수 '없'으니까. "보통 사람은 보지 못하는 걸 보고, 들리지 않는 걸 듣고, 만지지 못하는 걸 만지는 아이들"이 있다. 열여섯 살 소요는 세상 어디에나 있지만, 아무도 보지 못하는 '어스름'을 본다. 그런데 보이지 않는 존재를 보는 남다른 능력으로 인해, 소요는 자신의 정체성을 보이지 않는 것으로 숨겨야 한다. '보통'의 학교에서 '보통'의 역사를 가르치는 역사 선생님은 규범을 따르지 않는 소요에게 "사회 나가서도 이러면 정상적으로 살 수 있을 거 같아? 사람들이 널 제대로 된 인간으로 봐 줄 거 같아?"라고 윽박지르지만, 소요는 다름을 인정하지 않는 '역사'에 기대지 않고, 다른 색 글씨로 새로운 '기억'을 써 나간다. 소요와 친구들이 쓰는 자기 서사에서 "약점"은 "자랑"

이 되고, "위험"은 "가능성"이라는 새 의미를 띤다.

 남들과 조금 다르다는 이유로 외톨이로 지내온 소요에게 "나를 이상하게 생각하지 않을 만큼 이상한 애"란 "친구가 될 수 있을 것 같은 애"와 동의어다. 눈에 띄지 않는 존재들이 서로를 알아보고 우정을 나눌 때, 그들은 서로에게 이상(異常)한 존재가 아니라 이상(理想)의 친구가 된다.

 사람은 스스로를 볼 수 없지만, 그림자를 통해서라면 제 존재를 가늠할 수 있다. 우리는 때로 빛이 아닌 어둠에서, 보이는 것보다 보이지 않는 것에서 소중한 무언가를 선물받는다. 소요 역시 자신의 약점 덕분에 예나를 발견한다. "다른 애들은 예나가 얼마나 특별한지 모르겠지. 나만 안다, 어스름을 보는 나만. 예나를 발견해 낸 건 족쇄 같았던 내 능력 덕분이었다. 그렇게 생각하면 나 자신이 조금은 더 좋아"진다. 어스름에는 어둡지만 아직 빛의 기운이 스며 있다. 이 여린 빛을 뒤로하고 깊은 밤으로 향할지, 환히 밝혀 새벽으로 나아갈지는 이제 우리의 발길에 달렸다.

 소요는 보통 사람들의 기억 속에서 사라진 친구를 포기하지 않고 보이는 세계로 구출한다. 그럼으로써 그 자신 또한 자기를 있는 그대로 바라봐 줄 친구를 얻는다. 세상으로부터 보이지 않도록 능력을 숨겨야 했던 존재가, 바로 그 능력으로 보이지 않는

타인을 보이게 함으로써 서로를 가시화하는 놀라운 기적이 이루어진다.

이 마법 같은 능력은 소요만의 것이 아니다. 김혜진의 소설은 세상에서 쉽게 소외되고 잊히는 누군가를 끊임없이 기억하고 호명함으로써, 우정의 이름으로 작고 희미한 존재들과 친구가 될 수 있는 능력을 일깨운다. 그대로 "사라지기에는 너무나 귀한 것들"을 지킬 수 있는 용기를 준다.

《어스름 청소부》는 별이 홀로 빛나는 것이 아니라 빛을 되비춤으로써 존재를 드러낸다는 사실을 기억하게 한다. 타고난 운명이라는 것이 있다면, 그것을 오직 자신을 증명하기 위해 쓸 때 스스로를 가로막는 장벽처럼 느껴지지만, 누군가를 돕기 위해 쓸 때 제 손으로 택한 축복으로 변모한다. 김혜진이 쓰는 '마법'이란, 다른 존재를 구함으로써 자신의 구원에 다다르는 것. 우정을 나눌 때 우리의 일부는 마법에 속한다. 스스로를 구하는 것은 불가능하지만, 서로를 구해 내는 것은 가능한 아름다운 세계가 여기에 있다.

— **이하나(아동청소년문학평론가)**

* 어떤 상처는 가끔 느껴지는 간지럼 같고, 어떤 상처는 메워지지 않는 깊은 틈과 같다. 어떤 다름은 스티커처럼 뗄 수 있고, 어떤 다름은 좀처럼 지워지지 않는 얼룩과 같다.《어스름 청소부》에는 그 모든 다름의 특별함을 알아보고, 서로의 상처를 다 이해하지 않아도 기꺼이 받아들이는 사람들이 있다. 나는《어스름 청소부》에서 내가 갖고 싶던 친구를 만났고, 내가 되고 싶던 어른을 찾았다. 나를 조금 더 좋아하게 되는, 고난이 아닌 모험 이야기.

— **정소연(소설가)**

래빗홀YA

어스름 청소부
김혜진 장편소설

초판 1쇄	2025년 9월 26일
지은이	김혜진
발행인	문태진
본부장	서금선
책임편집	이은지　래빗홀 최지인 김수현
기획편집팀	한성수 임은선 임선아 허문선 이준환 송은하 김광연 송현경 이예림 원지연
마케팅팀	김동준 이재성 박병국 문무현 김은지 이지현 전지혜 조용환 김화정 천윤정
저작권팀	정선주
디자인팀	김현철
경영지원팀	노강희 윤현성 정헌준 조샘 이지연 조희연 김기현
강연팀	장진항 조은빛 신유리 김수연 송해인
펴낸곳	㈜인플루엔셜
출판신고	2012년 5월 18일 제300-2012-1043호
주소	(06619) 서울특별시 서초구 서초대로 398 BnK디지털타워 11층
전화	02)720-1034(기획편집) 02)720-1024(마케팅) 02)720-1042(강연섭외)
팩스	02)720-1043
전자우편	books@influential.co.kr
홈페이지	www.influential.co.kr

ⓒ 김혜진, 2025

ISBN 979-11-6834-324-5 (43810)

- 이 책은 저작권법에 따라 보호받는 저작물이므로 무단 전재와 무단 복제를 금하며, 이 책 내용의 전부 또는 일부를 이용하려면 반드시 저작권자와 ㈜인플루엔셜의 서면 동의를 받아야 합니다.
- 잘못된 책은 구입처에서 바꿔 드립니다.
- 책값은 뒤표지에 있습니다.
- 래빗홀은 ㈜인플루엔셜의 문학 전문 브랜드입니다.
- 래빗홀은 독자를 환상적인 이야기로 초대합니다. 새로운 이야기가 있으신 분은 연락처와 함께 letter@influential.co.kr로 보내주세요.